d

Doris Dörrie

Der Mann meiner Träume

Erzählung

Diogenes

Umschlagillustration: Sandro Botticelli,
›Bildnis eines Unbekannten mit der
Medaille Cosimos de' Medici‹, um 1474
Galleria degli Uffizi, Florenz

300/91/24/1
ISBN 3 257 01868 1

Antonia taten von den Stöckelschuhen die Füße weh, und sie hatte Kopfschmerzen, weil die Hairstylistin ihr die Haare nach hinten gerissen und mit kleinen, pieksigen Haarnadeln wie mit Tapeziernägeln auf der Kopfhaut festgesteckt hatte. Ihre Haut fühlte sich rauh und schuppig an von all dem Make-up, das ihr eine unfreundliche Visagistin morgens um sechs so gelangweilt und unbeteiligt mit Schwämmchen, Pinseln, Q-Tips und Wattebällchen ins Gesicht gemalt hatte, als renoviere sie ihre Küche. Und der Fotograf, ein dünner, kleiner Mann mit fettigen Haaren, mäkelte dann herum, Antonias Augenringe seien sichtbar, ihre große Nase müsse besser abschattiert werden, und überhaupt könne kein Licht der Welt aus einem übermüdeten Model eine taufrische Schönheit machen. Sieben Stunden lang hatte sie festliche Mienen aufgesetzt, sich in bleischweren Abendroben anmutig bewegt, sich wildfremden Männern, die nach Haargel rochen, in die Arme geworfen und auf Befehl des Fotografen erotisch ausgesehen. Das war relativ einfach; das bedeutete: Kinn nach unten, Augenaufschlag nach oben, Stirn dabei nicht in Falten ziehen, Lippen halb geöffnet. Hundertfach hatte sie dieses Gesicht schon auf- und abgesetzt wie einen Hut, früher hatte sie sich dazu romantische Geschichten ausgedacht von Liebe und Leidenschaft, jetzt dachte sie dabei an ihre Bankauszüge, die nächsten Fototermine, Telefonate mit ihrer Agentin oder einfach nur an ihr großes, weiches Bett.

Am Anfang hatte sie sich aufgehoben und beschützt gefühlt unter all den Menschen, die sie schminkten, frisierten, anzogen, in Positur schubsten, an ihr herumzupften, sie abschminkten und auszogen, ihren Terminkalender verwalteten, sie in Flugzeuge setzten, in Hotelzimmern abluden, sie dort in aller Herrgottsfrühe wieder abholten, um sie wiederum zu schminken, zu frisieren, anzuziehen und zu fotografieren. Damals fand sie die flirrige, nervöse Atmosphäre in den Fotostudios, die laute Musik und die vielen schönen Menschen aufregend und pricklig wie kleine Elektroschocks. Die erste Zeit stand sie wie unter Strom, und sie kannte nichts Schöneres, als sich todmüde in der Früh in den Schminkstuhl fallen zu lassen, den Walkman auf volle Lautstärke gedreht, eine Zigarette im Mundwinkel, und die Hände der Visagistin über ihr Gesicht huschen zu fühlen.

Jetzt aber, nach mehr als sechs Jahren, wurde Antonia fast hysterisch, wenn die Visagistin kalte Finger hatte oder aus dem Mund roch, sie konnte all die Hände, die an ihr herumzupften, nicht mehr ertragen, sie haßte es, in den hauchdünnen Fummeln stundenlang frierend herumzustehen, sie litt unter der immergleichen müden Anmache der Fotografen, um sie in Stimmung zu bringen, sie fand die gute Laune, die ständig versprüht wurde wie Tannennadelduft auf dem Klo, zum Kotzen. Und zunehmend machte ihr zu schaffen, daß sie nach einem anderen Kalender als normale

Menschen lebte. Niemals galt in ihrem Geschäft die wirkliche Jahreszeit. Sie führte Bikinis vor, wenn es draußen schneite, und im Hochsommer schwitzte sie in Wollkleidern und Pelzen der neuen Winterkollektion. Nichts in ihrem Leben fand zur rechten Zeit statt. Sie fühlte sich fremd, wo immer sie auch war, leer und schlapp, wie ein ausgewrungenes Handtuch, sie kam sich alt, verbraucht und abgebrüht vor. Warum konnte sie nicht so sein wie alle anderen in ihrem Alter? Die arbeiteten nicht, die studierten ein bißchen und demonstrierten noch manchmal, sie waren entweder in den »politischen Kampf« verwickelt oder hingen den Resten der Hippiebewegung nach, auf jeden Fall schliefen sie viel und aßen gut, und sie alle fanden Antonias Job als Fotomodell schlicht unmöglich. Wenn Antonia abends erschöpft von ihren Fototerminen nach Hause kam, wurde ihr von ihren Mitbewohnern, die in der Regel gerade erst aufgestanden waren, heftig vorgeworfen, sie arbeite fürs Establishment, für die Konsolidierung von bürgerlichen Wertvorstellungen, sie prostituiere sich. Ja, ja, Antonia lachte und hielt den Kühlschrank gefüllt, sie lieh den Mädchen seidene Hemden und ihre teuren Kosmetika, sie bezahlte die Miete, finanzierte mit ihrem Geld Flugblattaktionen und spendete für die »Rote Hilfe«. Dennoch wurde sie als Verräterin behandelt, und irgendwann fühlte sie sich auch so. Es stimmte. Sie liebte den schönen Schein, die Welt des Materialismus. Es machte ihr Spaß, sich zu verkleiden und fotografiert zu werden, und wenn sie diese Fotos dann in den Modemagazinen wiedersah, lief ihr ein wohliges Schaudern über den Rücken, weil sie sich nicht wiedererkannte, so schön war sie.

Als sie das erste Mal auf ein Titelblatt kam, streifte sie den ganzen Tag durch die Zeitungsläden und wunderte sich über dieses Gesicht, das gleichmütig und schön von den Regalen lächelte und das ihr bekannt und unbekannt zugleich war. Dort, auf dem Hochglanzpapier, war die Person, die sie gern sein wollte, aber es kam ihr so vor, als könne sie dieses Ziel niemals erreichen. Sie fühlte sich dieser souveränen Frau auf dem Titelblatt mit einem Mal so sehr unterlegen, daß sie tieftraurig wurde. Gleichzeitig beobachtete sie fasziniert, wie überall Frauen ihr Gesicht kauften, es in den Händen hielten, nach Hause trugen, sie stellte sich vor, wie sie es eingehend studierten, vielleicht sich wünschten, so auszusehen, es imitierten, und bevor sie sich versah, breitete sich ein seliges Lächeln über Antonias Gesicht, und sie merkte erstaunt, wie sie innerlich jubilierte. Als sie an diesem Tag nach Hause kam, verschwanden ihre Mitbewohner sofort wie auf ein verabredetes Zeichen wortlos in ihren Zimmern, als einziger Kommentar dazu lag die Zeitschrift mit Antonias Konterfei auf dem Klo.

Sie zog aus der Wohngemeinschaft aus und lebte von da an nur noch in Hotels. Sie verlor den Kontakt zu den ›normalen Menschen‹, wie sie sie nannte, bald kannte sie nur noch Models, Visagistinnen, Hairstylistinnen, Fotografen und Agentinnen, sie bewegte sich ausschließlich in der Welt des Scheins, und es war ihr eigentlich ganz recht so. Sie half jeden Tag aufs neue, mit ihrem Gesicht und ihrem Körper eine Frau zu erfinden, die sie selbst so gern sein wollte. Daß es dabei nie um ihre eigene Person ging, sondern nur darum, ob sie in den jeweiligen ›Look‹ paßte, wußte sie natürlich. Daß sie, als sie anfing, nur weil die Losung zufällig ›mediterran‹ (das bedeutete dunkelhaarig und großbusig) geheißen hatte, zu einem kleinen Star geworden war und sich jetzt, weil das neue Motto ›nordisch‹ (blond und dürr) lautete, bereits auf dem absteigenden Ast befand, verletzte sie allerdings mehr, als sie zugeben wollte.

Nachts träumte sie, wie sich ihr ganzer Körper vor der Kamera mit einem schwarzen Haarpelz bedeckte und sich die Fotografen mit Grausen von ihr abwandten.

Sie verschwand zuerst von den Titelblättern, dann wurde sie immer seltener der Vogue und Harpers Bazaar vermittelt, jetzt arbeitete sie mehr für Modeschauen als für Zeitschriften. Bald, dachte sie bitter, kann ich froh sein, wenn ich im Otto-Katalog Unterwäsche vorführen darf.

Ein eisiger Schneeschauer wehte ihr ins Gesicht, sie fror erbärmlich, ihre Zehen in den dünnen Leinenschuhen schmerzten sie mit jedem Schritt mehr. Sie sehnte sich nach ihrem Bett und fürchtete sich gleichzeitig vor einem weiteren Abend im Hotelzimmer, allein mit dem Fernseher. Sie beschloß, noch ein wenig durch ein Kaufhaus zu schlendern, dort war es warm, es gab normale Menschen, die sie ansehen und bestaunen konnte, ohne von ihnen belästigt zu werden. Das tat sie oft, wenn sie deprimiert war, sie starrte die dicken, alten Frauen mit Wasser in den Beinen an, die blassen, übermüdeten, jungen Mütter, die genervten Verkäuferinnen in Gesundheitssandalen, und deren Anblick tröstete sie.

Der warme Luftzug am Eingang des Kaufhauses wehte ihr einladend entgegen, und jedesmal wieder fühlte sie sich dadurch wie auf einen magischen Teppich gehoben, wie am Eingang zur wirklichen Welt, einem schaurig häßlichen Zauberland von hellblauen Unterhosen im Sonderangebot und Menschen, die sie trugen. Auf dem

Gitterrost vor den Glastüren, durch die die warme Luft ihr entgegenströmte, saß ein bettelnder Mann mit langen, dunklen Haaren. Als sie an ihm vorbeiging, sah er kurz zu ihr hoch, und sie erschrak, weil sie einen alten Penner erwartet hatte, und dieser Mann nicht nur jung und schön war, ein Titelgesicht, dachte sie automatisch, sondern auch, weil sie ihn schon einmal gesehen hatte.

Ihr fiel auch sofort ein, wo.

Auf einem Porträt von Botticelli.

Es hieß ›Bildnis eines Unbekannten mit der Medaille Cosimos de' Medici‹, und sie trug das Bild auf einer Postkarte in ihrer Brieftasche ständig mit sich herum, seit sie im Frühjahr in Florenz gewesen war.

So ähnlich sah der Penner in ihrer Erinnerung dem Bild von Botticelli, daß sie stehenblieb, die Brieftasche aus ihrem Lederrucksack zog und abwechselnd die Postkarte und den Mann an der Tür anstarrte. Es war verblüffend. Der Penner hatte die gleichen langen, braunen Haare, das gleiche kraftvolle und zugleich empfindsame Gesicht.

Er war vielleicht noch eine Idee schöner als sein Doppelgänger auf der Postkarte, seine Nase war nicht ganz so breit, sein Kinn etwas kürzer, und seine Augen waren nicht blaßgrün, sondern dunkler, intensiver, aber die Ähnlichkeit war so groß, daß Antonia Mühe hatte, zu begreifen, daß der Mann, der dort vor dem Kaufhauseingang hockte, nicht *derselbe* Mann war wie auf der Postkarte. Eigentlich fehlte ihm dazu nur die rote Mütze und natürlich die Münze in der Hand.

Antonia kam es plötzlich so vor, als würde sie sich selbst in einem Film sehen, wie sie paralysiert mit der Postkarte in der Hand dastand und den Penner anstarrte. Die Menschen zwischen ihnen bewegten sich in Zeitlupe wie in einem Musikvideo, gleich würde sie anfangen zu singen, von enttäuschter Liebe, einem leeren Bett und zu vielen Zigaretten.

Antonia steckte die Postkarte weg, wandte sich von dem Mann an der Tür ab und ging eilig weiter. Die Menschenmenge um sie herum kehrte zu ihrer gewohnten Geschwindigkeit zurück. Du blöde, romantische Kuh, beschimpfte sie sich, verknallt in einen fünfhundert Jahre alten Mann auf einer Postkarte.

Sie blieb an einer Grabbelkiste stehen und befühlte abwesend ein paar Schlüpfer mit aufgedruckten Wochentagen. Sie wollte jetzt einfach nur so dastehen, mit den Händen in den Unterhosen herumwühlen und sich ein bißchen erinnern an etwas, was niemals passiert war. Bei ihr kam es immer nur zu der Vorstellung der Dinge. Die wirklichen Ereignisse stahlen sich davon, während sie noch von ihnen träumte.

Im Mai war sie von ihrer Agentur nach Mailand geschickt worden, um Abendroben vorzuführen, schwere, pompöse Kleider, denn mit ihrem Dekolleté war sie nun einmal das perfekte Abendkleidermodel, wie ihre Bookerin Edda Bruck behauptete. Ein schönes Dekolleté war selten, die meisten Mädchen hatten Brüste so klein wie

Tischtennisbälle. Nur noch als Dekolleté werde ich jetzt gehandelt, dachte Antonia verbittert, und es kam ihr immer mehr so vor, als reise sie im Schlepptau ihres Busens um die Welt. Er hatte die Macht übernommen, sie war nur noch sein Anhängsel.

In Mailand also hatte sie sich in Jean-Pierre, den Fotografen ihres Dekolletés, verliebt, die größte Dummheit, die man als Model begehen konnte, fast so dumm, wie zu glauben, daß man irgendwann Schauspielerin werden könnte. Jean-Pierre sagte ihr viermal, sie habe einen wunderschönen Busen, und schlief zweieinhalbmal mit ihr, das halbe Mal zählte Antonia mit, obwohl er mittendrin eingeschlafen war und es deshalb eigentlich nicht galt. Aber bevor er eingeschlafen war, hatte er ihr betörend ins Ohr geflüstert: »Es gibt Models, die sind in ihrem Herzen Models. Das sind die Sklavinnen. Die werden niemals groß. Aber du, du bist anders. Du bist eine Königin.« Ihr Herz ging bei diesem Satz auf wie ein Hefeteig, und prompt glaubte sie, sie sei bis über beide Ohren verliebt. Am nächsten Tag versank sie in die Spiegelung seines Auges auf der Linse der Kamera, als sei es ihre Zukunft. Er lobte sie. Schnurrte wie ein Kater. Machte ihr Komplimente.

Während sie sich mit vor Aufregung zitternden Fingern abschminkte, packte Jean-Pierre seine Kameras ein und verschwand. Ohne ein einziges Wort des Abschieds, dachte sie immer wieder verzweifelt, als hätte er nur ein Zauberwort sprechen müssen, um alles erträglicher zu machen. Sie litt wie eine Katze, die sich die Knochen gebrochen hat.

Am nächsten Tag fuhr sie mit dem Zug nach Florenz, ohne ihrer Agentur zu hinterlassen, wo sie steckte, und das kam fast einer Todsünde gleich, das wurde jedem Model wieder und wieder eingebleut. Es war das erste Mal, daß sie sich allein durch die Welt bewegte. Sie kam sich sehr verwegen vor und zitterte gleichzeitig vor Angst. Kein Mensch wäre je auf die Idee gekommen, Antonia könne Angst haben. Dazu war sie zu groß, ein Meter dreiundachtzig ohne Schuhe. Die Menschen hatten in der Regel Angst vor ihr, vor der großen Antonia mit dem eisernen Willen. Daß der nicht eisern war, sondern nur aus ihrer Angst vor Vorwürfen, aus ihrem quälenden Minderwertigkeitskomplex heraus geboren, auf die Idee wäre auch niemand gekommen. So wurde sie für diszipliniert und äußerst stabil gehalten und war besonders beliebt, weil sie nicht wie so viele andere Models eine ständige Seelenmassage nötig zu haben schien. Manchmal glaubte sie schon selbst an das Bild, das man von ihr hatte, und so überraschte es sie zutiefst, wie ängstlich und verschreckt sie war, kaum daß sie allein im Zug saß und sich von ihrer sicheren Welt der ständigen Kontrolle entfernte.

Sie setzte sich den Walkman auf, aber die dröhnende Musik vermochte nicht, ihr vor Angst laut pochendes Herz zu übertönen. Die sanfte Landschaft der Poebene mit ihren silbrigen Pappeln und grünen Reisfeldern rollte an ihr vorbei, und sie stellte sich vor, wie in all den Bauernhäusern, die sie sah, Menschen lebten, die über ihre

Probleme nur lachen würden. »Was, ein französischer Fotograf hat dich sitzenlassen?« würden sie sagen. »Nur gut so. Stell dir vor, du hättest den für den Rest deines Lebens am Hals gehabt! Mamma mia, hättest du das vielleicht gewollt?« Eine Weile half ihr diese Vorstellung, dann aber, als der Zug plötzlich mitten in der freien Landschaft immer langsamer wurde und schließlich ganz anhielt und nur noch die Zikaden in den Feldern zu hören waren, befiel sie eine solche Unruhe, daß sie durch die Waggons lief auf der Suche nach anderen Menschen, aber der Zug schien vollkommen leer.

Erst im vierten Waggon saß eine alte, schwarzgekleidete Frau, die schlief. Antonia hätte sie liebend gern geweckt, nur um von ihr ein beruhigendes Gemurmel zu hören. Sie setzte sich ihr gegenüber und starrte auf die Felder vorm Fenster. Als der Zug zwanzig Minuten später wieder anfuhr, wachte die alte Frau auf. Sie sah Antonia scharf an, dann griff sie in ihre Tasche, holte eine Apfelsine heraus und gab sie ihr wortlos. Antonia konnte sich nicht erinnern, jemals so dankbar gewesen zu sein. Als sie in Florenz ankam, verließ sie nur widerstrebend den Zug und die alte Frau, als müßte sie damit ihre letzte sichere Bastion aufgeben.

Es regnete in Florenz, es war kalt und unfreundlich, sie irrte ziellos in der Stadt herum, bis sie die Uffizien fand, wo sie den ganzen Nachmittag zubrachte, aber weniger die Bilder betrachtete als die Besucher.

Die Menschen traten vor ihr auf wie auf einer Bühne. Familien, Paare und Einzelpersonen. Am meisten interessierten Antonia die Paare. Nur wenige von ihnen erschienen ihr glücklich, aber dennoch beneidete sie sie alle, denn glücklich miteinander zu sein war vielleicht gar nicht so wichtig. Sie schaute und schaute, bis ihr ganz schwindlig war von all den möglichen Konfigurationen von Mann und Frau, und je länger sie die Paare beobachtete, um so mehr fühlte sie sich wie die Hälfte einer Kugel, sie erinnerte sich an die Theorie von den Kugelmenschen bei Platon oder irgendeinem dieser Griechen, von denen sie in der

Schule gehört hatte, und sie konnte förmlich ihre fehlende Hälfte fühlen, wie Beinamputierte ihr fehlendes Bein. Phantomschmerzen, so nennt man das doch.

Als die Uffizien schlossen, hatte sie sich noch kein einziges Bild richtig angesehen, und so kaufte sie einen Berg Postkarten, um das Versäumte später nachzuholen.

Sie fand eine kleine, billige Pension gleich hinter dem Dom, in der eine Reisegruppe junger Amerikanerinnen wohnte, die sich bei geöffneten Türen über den Flur laut miteinander unterhielten, kreischten und kicherten. Antonia lag auf ihrem Bett, hörte ihnen zu, schaute sich die Postkarten aus den Uffizien an und sehnte sich nach Jean-Pierre.

Warum vermisse ich einen Menschen, den ich ja gar nicht kenne, dachte sie ärgerlich. Wie kann man denn einen Fremden vermissen? Wie kann man sich überhaupt in einen wildfremden Menschen verlieben? Und warum glaube ich immer, jemanden wirklich zu *lieben*, wenn ich mit ihm im Bett war? Hätte ich ihn nur geküßt, mit ihm Kaffee getrunken und geflirtet, es täte mir jetzt weniger weh. Warum wird alles durch ein bißchen Sex nur immer so dramatisch? Dabei hatte Jean-Pierre sie als Liebhaber eigentlich ziemlich enttäuscht, er war einfallslos gewesen, routiniert und gleichgültig. Es stimmt nicht, daß man sich dabei besonders nah kommt, dachte Antonia, man wird nur besonders verletzlich. Näher waren wir uns, als wir in der Mittagspause zusammen in der Garderobe saßen und uns eine Zigarette geteilt haben. Aber auch dieses Gefühl kann meine Einbildung gewesen sein. Wenn alles nur die eigene Einbildung ist, dann ist es der Schmerz auch. Dann ist alles Erfindung. Sie kam sich plötzlich sehr alt, einsam und weise vor, nur die banale Tatsache, daß sie plötzlich einen Riesenhunger hatte, trübte dieses erhebende Gefühl.

Aber als sie den Flur entlang ging und durch die offenstehenden Türen überall in den Zimmern die Amerikanerinnen auf den Betten lümmeln sah, beneidete sie sie um ihr Aufgehoben sein in der Gruppe. Sie schrieben Postkarten, aßen Kartoffelchips, wuschen ihre Strümpfe im Waschbecken, schminkten sich, unterhielten sich kichernd, tanzten zu plärrender Musik aus Transistorradios herum, einige lasen in Reiseführern.

Antonia hätte sich leicht zu ihnen gesellen und mit ihrer Fähigkeit, alle um sich zu scharen und blitzschnell ein Programm zu entwerfen, die Führung übernehmen können. Sie konnte das gut, immer war sie es, die die traurigen, müden Modelmädchen aus allen Ländern der Welt, die in irgendwelchen trüben Umkleidekabinen und Schminkräumen hockten und warteten, immer nur warteten, im Handumdrehen ins Schlepptau nahm, zu Kartenspielen animierte, oder sie dazu brachte, zusammen Yoga zu üben, ihnen zeigte, wie man sich selbst mit Akupressur die Kopfschmerzen vertreiben konnte oder einfach nur Schiffe versenken mit ihnen spielte. Antonia galt deshalb als Stimmungskanone, in Wirklichkeit tat sie es nur, weil es so schön diese diffuse Angst vertrieb, die Angst vor allem, was sie in diesem Leben erwartete, das vor ihr lag wie ein dichter Nebel.

Während sie weiter den leicht nach Schweiß und Urin riechenden Hotelflur entlangging und darüber nachdachte, wie sie am geschicktesten mit den Amerikanerinnen in Kontakt kommen könnte, brüllte ein Mädchen hinter ihr gellend laut über den Flur: »Europe stinks, doesn't it?« und aus den anderen Zimmern kam grölende Zustimmung. Antonia verlor schlagartig die Lust, mit den Mädchen ins Gespräch zu kommen, sie fühlte sich ausgeschlossen und unerwünscht.

In der Nähe ihres Hotels fand sie drei einladend und nicht allzu teuer aussehende Trattorien, konnte sich aber für keine entscheiden. Sie sah von außen durch die beschlagenen Fenster, betrachtete lange die Menschen, die drinnen in der gemütlichen Wärme über ihrem Essen saßen, aber sie fand nicht den Mut, hineinzugehen. Sie wußte nicht recht, warum sie plötzlich so schüchtern und zaghaft war, sie fürchtete sich vor den Blicken der anderen Gäste, vor den vielleicht unwirschen

Kellnern; fast eine Stunde lang strich sie wie eine Katze um die drei Restaurants herum, bis schließlich ihr Hunger zu groß wurde und sie eines betrat.

Es war, als hätte sie eine Mutprobe bestanden und als würde sie jetzt dafür belohnt. Ein freundlicher Kellner gab ihr einen besonders hübschen Ecktisch, das Essen war wunderbar, und als sie beim Hauptgericht, Leber auf venezianische Art, angelangt war, stand unvermittelt ein etwa sechzigjähriger Mann mit dichten, grauen Haaren und in einem löchrigen roten Rollkragenpullover, der wie sie allein an einem Tisch saß, auf, sang ein paar Strophen eines romantisch klingenden Liedes, setzte sich dann wieder und löffelte weiter seine Suppe. Antonia war zutiefst beeindruckt. Das war das Mutigste und Anrührendste, was sie je gesehen hatte.

Plötzlich fühlte sie sich so einsam und weiter von zu Hause entfernt als jemals zuvor. Aber zu Hause, das war auch nur eine Erfindung, ein Gefühl wie Zuckerwatte, süß und pappig. Zu Hause, beschloß sie, konnte kein Ort sein, sondern nur ein Mann, den es irgendwo in der Zukunft geben mußte, aber von dem sie keine rechte Vorstellung hatte, den sie jedoch durch eine Verkettung unglücklicher Zufälle einfach verpassen konnte, wie einen Bus, der nur ein einziges Mal in ihrem Leben für sie halten würde. Was, wenn sie in diesem Augenblick an der falschen Straßenecke stand? Oder den Bus gar nicht sehen würde, weil sie in die falsche Richtung blickte? Angst, ihr ganzes Leben zu verpfuschen, schnürte ihr die Kehle zu. Um nicht mitten im Restaurant in Tränen auszubrechen, bestellte sie schnell eine Creme Caramel, einen Kaffee und einen Amaretto zum Nachtisch und kam sich dabei sehr weltmännisch vor, dann breitete sie, um sich von ihren düsteren Gedanken abzulenken, ihre Postkarten auf dem Tisch vor sich aus und stieß dabei auf das Bild von dem Mann mit der Medaille, gemalt um 1474 von Sandro Botticelli.

›Bildnis eines Unbekannten‹ stand hinten auf der Postkarte. Ein sympathischer, gutaussehender Mann. Es war für Antonia unvorstellbar, daß er vor mehr als 500 Jahren gelebt haben sollte. Wie konnte jemand 500 Jahre lang tot sein? Er sah doch aus wie jemand, dem sie heute auf der Straße begegnen könnte, ein etwa dreißigjähriger linker Politologiedozent, ein Filmemacher vielleicht oder Journalist, ein Mann, dem sie nach dem ersten Espresso alles von sich erzählt hätte, ein schöner Mann, der sie verstand, der Mann ihrer Träume. Vielleicht, dachte sie deprimiert, war er der Mann, dem ich hätte begegnen sollen, und nur durch eine unglückliche, winzige Zeitverschiebung von 500 Jahren – was waren schon 500 Jahre angesichts der Ewigkeit? – haben wir uns verpaßt.

Als sie in die Pension zurückging, liefen ihr ein paar junge Kerle hinterher. Sie riefen etwas auf italienisch, was sie nicht verstand, dann machten sie ihr auf englisch ein eindeutiges Angebot, aber als sie stehenblieb und sich nach ihnen umdrehte, um sie zu beschimpfen, starrten sie sie erschrokken an und kicherten blöd. Sie waren kaum fünfzehn Jahre alt. Antonia wandte sich von ihnen ab und ging eilig weiter. Sie schickten ihr Verwünschungen hinterher, das konnte sie am Tonfall erkennen.

Der Nachtportier, ein großer, melancholisch aussehender Mann, reichte ihr wortlos den Schlüssel. Aus dem Treppenhaus drangen immer noch Gesprächsfetzen, Gekreisch und Gekicher der Amerikanerinnen. Der Nachtportier zeigte wortlos auf ein großes Schild, das er gerade mit sorgfältig abgezirkelten Buchstaben beschriftet hatte: PLEASE BE SILENT AND ENJOY THE CULTURE. Er zuckte seufzend die Achseln. Antonia nickte mitfühlend und sah ihm zu, wie er das Schild neben der Treppe aufhängte. Zusammen lauschten sie den fremden Tönen, dem seltsamen Singsang des Amerikanischen. Der Nachtportier wandte langsam den Kopf und lächelte sie an. Antonia hatte das plötzliche Bedürfnis, sich in seine Arme zu legen. Statt dessen winkte sie ihm knapp zu und ging dann mit sorgfältig kalkuliertem Hüftschwung wie bei einem Defilee die breite, rot ausgelegte Treppe nach oben. Sie fühlte seinen Blick in ihrem Rücken, bis sie in den Flur zu ihrem Zimmer einbog.

Alles Frauen ohne Männer, dachte sie, als sie wieder an den Amerikanerinnen vorbeikam, die jetzt in Pyjamas und T-Shirts auf ihren Betten lagen und billigen Rotwein tranken, alles Frauen wie ich, die sich Nachtportiers, Taxifahrern, Kellnern in die Arme werfen würden, wenn die ihnen versprechen würden, ihren Traum zu erfüllen, den Traum, alles sein zu dürfen. Alles auf einmal. Dumm und klug, schön und häßlich, jung und alt, kleines Mädchen und große Dame.

Sie ging schnurstracks auf das Klo am Ende des Ganges, um ihr Abendessen wieder auszukotzen. Das machte sie immer so. Es kostete sie genausowenig Überwindung wie sich die Nase zu putzen. Auf diese Weise hatte sie keine Probleme mit ihrer Figur, deren Gewicht mit sechsundfünfzig Kilo in ihrem Agenturvertrag festgehalten war. Bei einer Gewichtszunahme von mehr als zwei Kilo drohte der Rausschmiß. Sie kannte kein einziges Model, das nicht irgendwelche Entwässerungs- und Abführpillen nahm, um sein Gewicht zu halten, oder eben sich regelmäßig erbrach.

In ihrem Zimmer zog sie sich aus und betrachtete kritisch ihren nackten Körper im Schrankspiegel. Sie mochte ihn nicht besonders. Mit einem Lippenstift teilte sie ihn in Einzelstücke auf und numerierte diese, bis sie aussah wie das deutsche Rind in der Metzgerreklame. Ihren Schenkeln gab sie die Note 5, durchwachsen. Ihr Bauch bekam eine 4, recht mager, ihre Arme eine 3, ihr Po eine 7. Lange dachte sie über die Benotung ihres Busens nach. Er war ihr größtes Kapital, und gleichzeitig verabscheute sie ihn. Männer schwärmten von ihm. Frauen beneideten sie um ihn. Kleine Kinder ließen sich begeistert gegen ihn fallen und stupsten ihn mit dem Finger an. Alle hatten ihren Spaß mit ihm, außer sie selbst. Er war schön, das sagten alle. Aber das Wort bedeutete ihr nichts. Sie war jeden Tag umgeben von schönen Menschen mit schöner Haut, schönem Haar, schönen Augen, schönen Lippen, schönen Beinen, und es wurde keine Anstrengung gescheut, all das noch schöner zu machen, bis es so schön war, daß es den Anforderungen des jeweiligen Modemagazins, Designers, Fotografen entsprach. Nur ein schöner Mensch, der sie nicht um ihre Schönheit beneidete, so wußte sie inzwischen, konnte wirklich verstehen, daß schön zu sein nicht bedeutete, sich schön zu fühlen. Ein schöner Mann wie der Unbekannte auf der Postkarte zum Beispiel.

Sie legte sich mit ihren roten Kringeln am Körper aufs Bett und holte die Postkarte aus ihrer Handtasche. »Hey«, sagte sie leise zu dem Mann auf der Postkarte. Sie stellte sich vor, wie er sie da auf dem Bett liegen sah, mit seltsamen Zeichen bedeckt wie mit einer Stammesbemalung, ein großes, dummes Mädchen, das so tat, als sei es erwachsen, und in seinem Herzen war es kaum fünf Jahre alt. »Du bist schon seit 500 Jahren tot, von dir gibt es noch nicht einmal mehr die Knochen«, sagte sie zu ihm und versuchte sich das vorzustellen. Wie ihr eigener Körper verrottete, zerfiel, in immer kleinere Teile. Der Gedanke erschreckte sie gar nicht mal besonders, aber wo, und diese Frage machte ihr Schwierigkeiten, wo blieb in diesem Häufchen Staub Antonia? »Vielleicht bist du der Staub an meinen Schuhen, wer weiß«, witzelte sie, »vielleicht bin ich heute über die Erde gegangen, unter der du gelegen hast, könnte doch sein, immerhin warst du ja aus Florenz. Vielleicht bist du jetzt mit mir hier in diesem Zimmer.« Sie lachte versuchsweise laut auf, aber es klang künstlich und falsch. »Glaubst du, daß es für jeden Menschen irgendwo auf der Welt zu irgendeiner Zeit die Entsprechung gibt?« fragte sie den Mann.

»Nein«, sagte er, »das ist romantischer Mist.«

»Warum?« fragte Antonia ihn.

»Weil sich die Natur nicht so kompliziertes Zeug leisten kann.«

»Aber es wäre schön, nicht?«

»Ja, schön wäre es schon.«

Es war ihr peinlich, sich reden zu hören, aber sie konnte nicht aufhören, sie hatte das Gefühl, sonst in einen furchterregenden Abgrund zu stürzen, und so erzählte sie dem Mann auf der Postkarte alles, was ihr gerade in den Sinn kam, sie vertraute ihm sogar an, was sie keinem sonst jemals erzählt hätte, daß sie sich für ihren großen Busen schämte und noch nie mit einem Mann einen Orgasmus hatte.

»Das glaube ich nicht«, sagte er, »das kann ich einfach nicht glauben.«

»Doch«, kicherte Antonia, »es ist wirklich wahr. Ich tue so als ob, und es ist mir, glaube ich, lieber so. Ich will gar keinen haben. So wie ich nie so betrunken sein will, daß ich nicht mehr weiß, was ich tue. Deshalb mag ich auch keine Drogen.«

»Schisser«, sagte der Mann von der Postkarte.

»Vielleicht«, erwiderte Antonia. Sie erzählte ihm von ihrem sanften, lethargischen Vater und ihrer dünnen, energischen Mutter, ihrem verkorksten älteren Bruder, der jede Ausbildung abgebrochen hatte und seit Jahren in psychotherapeutischer Behandlung war, von ihrem Traum, eine ernsthafte Schauspielerin zu werden. Sie gestand ihm, daß sie anfangs ab und zu für Pornozeitschriften gearbeitet und jetzt panische Angst hatte, ihrer Mutter könnten diese Fotos irgendwann in die sorgfältig manikürten Finger geraten. Sie stellte sich ihre Mutter vor, wie sie entgeistert auf die Hochglanzporträts ihrer nackten Tochter starrte und nur ihr steifes Chanelkostüm sie davor bewahrte, vor Scham vollkommen in sich zusammenzufallen. »Aber, weißt du«, sagte sie zu dem Mann, »die Nacktfotos haben mir mehr Spaß gemacht als alles andere. Die verschiedenen Posen waren die aufregendsten Kleider, die ich je anprobiert habe. Das war gar nicht mehr ich, das war jemand völlig anderes.«

Sie schwiegen eine Weile, dann sagte Antonia: »Meine Mutter hat immer zu mir gesagt, die Liebe sei wie ein Sandsack, und jeder Mann, mit dem man ins Bett geht, macht ein Loch hinein, und jedesmal sickert ein bißchen mehr Sand aus dem Sack, bis am Ende nur eine leere, alte Hülle zurückbleibt. Meinst du, daß das stimmt?«

»Ja«, sagte der Mann, »aber manche haben einen größeren Sandsack als andere.«

»Danke«, sagte Antonia, »du bist der erste Mann, mit dem ich wirklich reden konnte.«

Sie verstummte, die Postkarte immer noch in der Hand. Sie fühlte eine seltsame Mischung aus Sehnsucht nach etwas Unerreichbarem und Trauer um etwas Verlorenes, und damit schlief sie ein.

Als sie am nächsten Tag aufwachte, fühlte sie sich so vernünftig und kompetent wie es von ihr erwartet wurde, und die vergangene Nacht erschien ihr wie ein dummer, etwas peinlicher Traum. Sie packte ihre Sachen, um nach Mailand zurückzukehren und sich bei ihrer Bookerin für ihre unangekündigte Abwesenheit zu entschuldigen, die Postkarte steckte sie in ihre Brieftasche und holte sie nur noch einmal heraus, als sie sich in Mailand vor einem Wolkenbruch in eine kleine, dunkle Kirche flüchtete und dort elektrische Votivkerzen entdeckte, die man mit einem kleinen Schalter anknipste, nachdem man ein paar Lire dafür bezahlt hatte. Sie fand das sehr rührend und schrecklich prosaisch zugleich, aber sie wollte auch gern eine Kerze anknipsen, und da kam ihr der Unbekannte wieder in den Sinn, und sie holte die Postkarte heraus und wünschte sich von Herzen, ihm zu begegnen, knipste die Kerze an und vergaß kurz darauf ihre Bitte, bis sie ein gutes halbes Jahr später das Kaufhaus in München betrat und den Penner an der Tür sitzen sah.

Sie hätte ihn gerne angesprochen und ihm von seiner seltsamen Ähnlichkeit mit dem 500 Jahre alten Unbekannten erzählt, aber sie traute sich nicht. Da war sie wieder, dieselbe Ängstlichkeit, die sie in Florenz befallen hatte und die sie sich nicht erklären konnte. Ziellos strich sie durch das Kaufhaus und entwarf in ihrem Kopf verschiedene Anreden, aber keine erschien ihr passend, bis sie an einem Stand mit Mützen und Hüten vorbeikam und die rote Kappe sah. Eine Kappe aus rotem Samt, die der Kappe, die der Mann auf der Postkarte trug, genau glich. Aufgeregt erstand sie sie und hatte jetzt einen exakten Plan, den sie schnell und akkurat ausführte. Man brauchte ihr nur eine klar umrissene Aufgabe zu stellen, dann funktionierte sie wieder wie ein ferngesteuertes Spielzeugauto. An einem Stand mit Süßigkeiten kaufte sie einen Schokoladentaler in goldenem Stanniolpapier, in der Fotoabteilung erwarb sie in Windeseile eine Polaroidkamera und ein paar Filme, dann lief sie atemlos zurück zum Eingang, schubste und rempelte sich durch die Menschenmenge als ginge es um ihr Leben. Als sich ihr eine dicke kleine Verkäuferin in einem geblümten Kittel in den Weg stellte, sie an ihrer Tasche festhielt und eine Entschuldigung dafür verlangte, daß sie von ihr auf die rüdeste Weise gestoßen worden sei, wußte Antonia, daß sie dieser Zwischenfall genau die Zeit kosten würde, um die sie zu spät kommen würde.

Und tatsächlich war er wie vom Erdboden verschluckt, als sie schließlich in der warmen Luftschneise am Eingang des Kaufhauses stand und die Straße mit den Augen nach ihm absuchte. So enttäuscht sie auch war, so dankbar war sie dafür, von jetzt an ein klares Ziel vor Augen zu haben. Es war zwar ziemlich meschugge, diesen Mann nur deshalb wiederfinden zu wollen, weil sie seinem fünfhundert Jahre alten Doppelgänger in einer einsamen Nacht in Florenz alles von sich erzählt hatte, aber das hielt sie von ihrem Vorhaben nicht im geringsten ab. Sie war sich sicher, sie würde ihn finden. Immer hatte sie deshalb die Polaroidkamera, die rote Samtkappe, den Schokoladentaler und die Postkarte dabei, wenn sie auf die Straße ging, so wie andere Leute eine Angelausrüstung mitnehmen, wenn sie an einen Fluß fahren.

Sie bat ihre strenge, aber mütterliche Bookerin Edda Bruck, die nur ihren Dackel mehr liebte als ihre Modelmädchen, sie die nächste Zeit nicht für Fototermine außerhalb Münchens zu buchen, und als Grund erfand Antonia, die sonst nie log, weil das ihrem Sinn für Ordnung widersprach, haarsträubende Geschichten über den todunglücklichen Hund ihrer sich in Scheidung befindenden Schwester, auf den sie aufpassen müsse, bis geklärt sei, wem von den Ehepartnern er zugesprochen würde. Sie wunderte sich selbst über die Fantasie, die sie in dieser Sache entwickelte, und sie schämte sich ein bißchen, Edda zu belügen, aber sie hatte das Gefühl, alles tun zu müssen, um diesen Mann zu finden und damit endlich und ein für allemal Ordnung in ihr Leben zu bringen.

Jeden Tag ging sie zu dem Kaufhaus, wo sie ihn das erste Mal gesehen hatte, aber er saß nie dort am Eingang. Sie durchkämmte die Straßen um das Kaufhaus herum nach ihm, ohne Erfolg. Sie fuhr sogar mehrmals in aller Herrgottsfrühe zum Obdachlosenasyl und beobachtete von der gegenüberliegenden Straßenseite aus, ob er unter den Menschen war, die in ihren grauen Mänteln morgens aus dem Gebäude fielen wie Käfer aus einer Schachtel, betäubt einen Moment dastanden, bis sie sich langsam in Bewegung setzten, dann zusehends schneller wurden und schließlich in alle Himmelsrichtungen auseinanderliefen.

Ihre Arbeit verrichtete sie wie in Trance. Gleichgültig ließ sie sich tagelang in Unterwäsche fotografieren, blickte sinnlich, verführerisch, unschuldig, verdorben, schmollend, selbstbewußt in die Kamera, ganz wie es der Fotograf verlangte, sie ließ sich für eine Reportage über Vergewaltigung fesseln, die Kleider dekorativ vom Leib reißen, lag stundenlang halbnackt in einem Plastikwald im Studio und dachte, während man sich abmühte, den Rücken des Vergewaltigers und ihr auf zerschunden geschminktes Dekolleté gleichzeitig ins Bild zu bekommen, darüber nach, wo sie weiter nach ihrem Mann suchen sollte. Sie wirkte auf die anderen seltsam glücklich und ausgeglichen in dieser Zeit. Ihre Agentin Edda lobte sie für ihre professionelle Einstellung und ihre gute Haut. Professionell hieß, daß sie nicht mehr so zickig war wie noch vor wenigen Wochen, gute Haut stand für soliden Lebenswandel und keine Affären.

Sie lud Antonia zu einem Abendessen in ein teures Szene-Lokal ein, in dem hübsche Mädchen herumlungerten und sich von angeberischen Männern dumme Geschichten anhörten, während sie auf ihre Entdeckung hofften. »Schätzchen«, sagte Edda, über ihrem Lachscarpaccio, »du hast eine Entwicklung zum Guten gemacht, und jetzt kommt die Belohnung.« Antonia schwante nichts Gutes. »Schätzchen«, sagte Edda, als ihr der Hauptgang, Loup de Mer, serviert wurde, »du bekommst die Chance deines Lebens.« Und dann befahl sie Antonia mehr oder weniger, einen Exklusivvertrag mit einem Hersteller von Sonnenschutzmitteln einzugehen, der Antonia wegen ihrer klassischen Bikinifigur angeboten worden war.

Antonia übersetzte insgeheim: Du bist jetzt schon 24, und ich bringe dich bald nicht mehr unter, ein Exklusivvertrag ist wie eine Rente für Models, unter uns, die Fritzen mit dem Sonnenschutzmittel wollen dich natürlich wegen deines großen Busens, und zum Glück bist du nicht mehr so überheblich, daß du glaubst, so etwas nicht nötig zu haben.

Antonia nickte, und manchmal sagte sie mmh, und aha, und dachte dabei, so fühlt es sich also an, wenn man ausrangiert wird, weich und wabbelig, es tut nicht weiter weh, es ist nur glitschig und kalt wie ein toter Fisch, den man in die Hand gedrückt bekommt. Edda langte über den Tisch und drückte Antonias Arm. »Schätzchen«, sagte sie, »ich bin so froh für dich, daß du diese Chance bekommst.« Sie bestellte eine Mousse au Chocolat zur Feier des Tages und sah sich dann wie ein Hecht im Karpfenteich im Restaurant um nach neuem Modelfleisch. Antonia kannte diesen Blick, er war hart und so schnell, daß man ihn kaum wahrnahm. Er huschte über einen hinweg wie ein Laserstrahl und konnte die Verwertbarkeit des eigenen Körpers schneller und präziser erfassen als jeder Zuhälter.

Die hübschen Mädchen, die an der Bar aufgereiht saßen wie Vögel auf der Stromleitung, streckten sich unter Eddas Blick und sahen Antonia mit gierigen Augen an. Antonia spürte eine Welle von Neid zu sich herüberschwappen. Sie fühlte sich klein, wehrlos und allein. Es war ihr mit einem Mal unfaßbar, daß ihr Abbild seit Jahren in allen gängigen Modezeitschriften zu sehen war. All die Fotos erschienen ihr plötzlich wie Träume, wie die Projektionen der Mädchen an der Bar, nichts davon war wahr. Sie ging aufs Klo, um routiniert ihr Abendessen wieder auszukotzen. Gleichgültig spülte sie die Mousse au Chocolat, das Lachscarpaccio und den Loup de Mer im Klo hinunter, gurgelte mit etwas Wasser und schminkte sich die Lippen neu. Sie sah in den Spiegel und dachte, das ist also das Ende.

Als sie zurückkam ins Lokal, saß an ihrem Tisch bereits ein Mädchen von der Bar und Edda schrieb sich seine Telefonnummer auf. »Schätzchen«, sagte sie zu Antonia, »schau dir mal diese Präsenz an.« Antonia schaute dem Mädchen in ein durchschnittlich hübsches Gesicht und nickte gelangweilt, nahm ihre Handtasche, küßte Edda flüchtig auf die Wangen, bedankte sich artig für die Einladung und ging, die Blicke der Mädchen an der Bar wie Messer im Rücken.

Sie sah ihn sofort, als sie aus dem Restaurant trat. Er saß vor dem Eingang und hielt den Passanten eine leere Konservenbüchse entgegen, in der ein paar Münzen klimperten. »He, Sie«, sagte er zu einem sehr geschäftig aussehenden Mann in einem blauen Tuchmantel, der eine Dame in einem weißen Pelz am Arm trug wie einen Regenschirm, »ich wette, Sie haben ein bißchen Kleingeld für mich übrig.«

Die beiden blieben kurz stehen, der Mann im Tuchmantel musterte den jungen Bettler abfällig, während die Pelzdame ihm etwas ins Ohr flüsterte. Daraufhin zog er sein Portemonnaie aus der Manteltasche, ließ mit spitzen Fingern ein paar Geldstücke in die Konservenbüchse fallen und zog die Pelzdame dann eilig mit sich fort. Der Penner holte das Geld aus der Büchse, drehte es in den Fingern, schüttelte den Kopf und wandte sich jetzt Antonia zu, die die ganze Zeit im Restauranteingang gestanden und ihn angestarrt hatte.

»Lire. Das Arschloch hat mir ein paar lausige Lire gegeben!« sagte er und lachte vergnügt. Antonia lächelte unsicher zurück. Sie hatte ihn gefunden, oder er sie, sie sollte begeistert sein, aber sie fühlte sich nach dem ersten Schock nur müde und seltsam gleichgültig. Ihr ganzes Vorhaben kam ihr plötzlich idiotisch vor. Was will ich mit einem Flower-Power-Penner, dachte sie.

»He du«, sagte er zu ihr und lächelte gespielt schüchtern, »ich brauche ein Bett für heute nacht. Weißt du vielleicht eins?«

Sie starrte ihn an und antwortete nicht, dann holte sie Luft, als stünde sie auf einem Sprungbrett, ging auf ihn zu, holte die Postkarte aus ihrer Tasche, die rote Kappe und den Schokoladentaler. Sie setzte ihm wortlos die Kappe auf, drückte ihm den Taler in die Hand, nahm die Polaroidkamera heraus und machte ein Foto von ihm. Mit nur leicht erstaunter Miene ließ er alles über sich ergehen. Sie hockte sich mit dem Polaroid neben ihn und wedelte es ungeduldig. Auf der milchigen Fotoschicht erschien zuerst die leuchtend rote Mütze, dann der Taler, langsam nahmen die Haare Kontur an, und erst ganz zuletzt entwikkelte sich sein Gesicht. Es war, als träte der Mann aus Florenz aus dem Nebel der Vergangenheit und Zukunft auf sie zu und mitten in ihr Leben hinein.

Triumphierend hielt Antonia dem Penner die Postkarte und das Polaroid nebeneinander vor die Nase. »Hm«, sagte er und wirkte nicht weiter verblüfft, »ziemlich ähnlich, was?«

»Ich habe Sie vor Wochen am Eingang von Hertie auf der Leopoldstraße sitzen sehen. Seitdem suche ich Sie, um Ihnen das zu zeigen«, sagte Antonia. Er sah sie an, als wäre sie nicht ganz dicht, »das ist nett«, murmelte er lahm.

»Der Mann wurde vor mehr als fünfhundert Jahren gemalt«, erklärte ihm Antonia ernst.

Er zuckte mit den Schultern. »Im Jahr 2500 wird irgendein Mädchen dieses Polaroid im Müll finden und dann einen Mann suchen, der mir ähnlich sieht, und wenn sie ihn gefunden hat, wird sie zu ihm sagen, ich habe Sie gesucht, weil Sie dem Mann da auf dem Foto ähnlich sehen, der vor fünfhundert Jahren fotografiert wurde.«

»Ja, vielleicht«, sagte Antonia ernst.

»Was bedeutet das?« fragte er und fuhr gleich fort: »Hühnerkacke.«

»Doch«, widersprach sie, »es bedeutet, daß man Verwandte durch die Jahrhunderte hat, Seelenverwandte oder so was.« Sie nahm ihm die Postkarte weg. »Ich kann mir vorstellen, daß ich mich mit ihm gut verstanden hätte.«

»Ach so«, sagte er und stand auf, nahm die Mütze ab und gab sie ihr zurück. Er taxierte sie. Abwesend schälte er den Schokoladentaler aus dem Stanniolpapier und aß ihn auf. »Vielleicht bin ich ja wirklich sein Doppelgänger und wir verstehen uns auch«, sagte er ironisch. Sie war verblüfft, daß er so schnell begriffen hatte, und wurde rot. »Wo wohnst du?« fragte er. Antonia nannte ihm das Hotel.

»Wer bezahlt es?« fragte er weiter.

»Ich bekomme Spesen«, sagte sie.

»Hm«, sagte er, »würde es dir etwas ausmachen, wenn ich bei dir dusche, mir auf deine Kosten ein Steak beim Roomservice bestelle und ein paar Stunden in deinem Bett schlafe?«

»Nein«, sagte Antonia ohne zu zögern, »das würde mir nicht das geringste ausmachen.«

Kaum lag er auf ihrem Bett, schlief er ein, die mit Leukoplast notdürftig reparierten Jesuslatschen noch an den Füßen. Sie legte sich vorsichtig neben ihn und studierte sein Gesicht. Er war ihr so eigenartig vertraut, und als sie ihm vorsichtig über die Stirn strich, fühlte sich seine Haut an wie ihre eigene. Wie der Mann auf der Postkarte erinnerte er sie vage an sie selbst, als sähe sie in einen Vexierspiegel. Wäre ich als Mann zur Welt gekommen, dachte sie, ich sähe so aus wie er.

Er hieß Johnny oder nannte sich so, genauere Angaben verweigerte er. Das sei doch alles unwichtig, sagte er, während er ein tellergroßes Steak in sich hineinschlang. Ihren Namen wollte er gar nicht wissen, er nannte sie Moskito, weil sie angeflogen sei und sich auf ihn gestürzt habe, um sein Blut auszusaugen.

»Ich? Wer ist denn hier der Blutsauger?« rief Antonia empört, während sie in Wirklichkeit gerührt und geschmeichelt war, daß er ihr einen Kosenamen gegeben hatte.

»Ich nehme nur dein Geld, du dagegen willst meine Seele«, sagte er. Antonia dachte darüber nach, da lachte er laut auf. »Du glaubst alles, was man dir erzählt, was?« Er trank die dritte Flasche Bier in einem Zug aus, rülpste noch einmal und ließ sich aufs Bett fallen. »Die Dusche verschiebe ich auf später, wenn's recht ist«, sagte er und war Sekunden später eingeschlafen.

Ich bin glücklich, glücklich, glücklich, dachte Antonia, warum, warum, warum?

Sie lag die ganze Nacht wach und fühlte sich, als hätte sie gerade geheiratet, oder zumindest stellte sie sich vor, daß man sich dann so fühlen müsse, federleicht, aufgehoben und befreit zugleich.

Als er am nächsten Tag um elf erwachte, setzte er sich mit einem Ruck auf und starrte sie ausdruckslos an. Antonia, die seit Stunden bewegungslos neben ihm gelegen und auf diesen Moment mit großer Spannung gewartet hatte, fürchtete, er könne sich nicht an sie erinnern, aber da sagte er schon: »Hallo, Moskito, auch schon wach?«

Begeistert sprang sie auf und lief im Zimmer herum wie ein aufgeregter, junger Hund. »Was möchtest du zum Frühstück? Es gibt amerikanisches Frühstück, französisches, deutsches natürlich, Müsli, du kannst auch wieder ein Steak haben. Deine Klamotten können wir waschen lassen, du bekommst sie heute abend wieder zurück. Ich kann dir auch neue kaufen, ich habe Geld, du brauchst dir darüber keine Gedanken zu machen ...«

»Moskito«, unterbrach er sie, »halt die Luft an.« Sie verstummte und sah ihn an. »Komm her«, sagte er.

Sie kroch unsicher über das Bett auf ihn zu. Er nahm sie um die Taille, rückte sie neben sich und legte seinen Arm um sie. Sein Geruch nach Staub, Schweiß und altem Fett, den sie die ganze Nacht eingeatmet hatte als sei es das betörendste Parfüm der Welt, ließ sie schwindlig werden vor Begeisterung. In seinen Armen fühlte es sich genauso an, wie sie immer gehofft hatte, daß es sich anfühlen würde, die große Liebe, die sie für alle Ungerechtigkeiten, die man ihr als Kind angetan hatte, entschädigte und die sie gleichzeitig an ihre Kindheit erinnerte, an Zeiten, als es noch keinen Unterschied gab zwischen ihr und der Welt, als sie noch im Inneren der Blase saß, die ihr Leben war, und keine Angst hatte, sie könne zerplatzen. Während sie innerlich jubilierte, endlich das gefunden zu haben, was sie sich immer gewünscht hatte, wußte sie in einer winzigen Ecke ihres Gehirns leider sehr genau, daß kein Mensch ihr für immer dieses paradoxe Gefühl würde bieten können. Doch, doch, doch, sagte sie im Rhythmus von Johnny über ihr stumm vor sich hin, Johnny kann es, er, nur er. Ganz nebenbei hatte sie, während sie das noch dachte, den ersten Orgasmus ihres Lebens, und das erschien ihr gar nicht mal so besonders, eher nur als zwangsläufige Bestätigung dessen, was sie ja wußte, er war der Mann ihrer Träume.

Das glaubte sie sehr lange, bis sie Monate später in Lima im Hotel Bolivar neben ihm in einem Bett lag, das nach frisch gestärkter Wäsche roch, und er sich, als sie sich in gewohnter Manier an ihn kuscheln wollte, plötzlich vollkommen fremd anfühlte. So als hätte er die Farbe gewechselt wie ein Chamäleon. Sie erkannte ihn nicht wieder, dabei war nichts zwischen ihnen vorgefallen, kein Streit, noch nicht einmal eine leichte Unstimmigkeit, nichts, an das sie sich erinnern konnte zumindest.

Gestritten hatten sie sich bisher nur ein einziges Mal, als sie ihm heimlich, während er schlief, die verfilzten Haarspitzen abgeschnitten hatte, in denen sie Läuse und anderes Ungeziefer vermutete. Eigentlich fand sie, sah man kaum, daß sie an seinen Haaren herumgeschnippelt hatte, aber Johnny, kaum wach, bemerkte es sofort, er wirkte äußerst schockiert, sagte mit leiser, dünner Stimme, damit sei sie zu weit gegangen, zog seine Sandalen an und verschwand.

In den nächsten Stunden zitterte Antonia abwechselnd vor Angst, er würde nicht wiederkommen, und vor Wut über seine verfluchte Rolle als Penner und Bettler, die er eingenommen hatte, um, wie er sich ausdrückte, dem Materialismus in den Hintern zu treten. Bei diesem Ausdruck war ihr allerdings erst einmal ein Stein vom Herzen gefallen. Er war also gar kein echter Asozialer, das hatte sie doch gleich gewußt. Er mußte nicht betteln, er wollte. Das war ein großer Unterschied. Er hatte ein bißchen Soziologie, Geschichte und Politologie studiert, die drei klassischen Fächer der Zeit, sich eine Weile lang den »Umherschweifenden Haschrebellen« in Berlin angeschlossen, und als er dann von einer Tante einhunderttausend Mark erbte und sich um seine Zukunft keine Sorgen mehr machen brauchte, ließ er Studium, Haschrebellen und politischen Kampf gänzlich fahren und bemühte sich nur noch um seine persönliche Weiterentwicklung, wie er es nannte. Er fing an zu betteln, um sich von allen bourgeoisen Werten und Vorstellungen zu lösen und eben dem Materialismus in den Hintern zu treten. Antonia fand das hinreißend moralisch, bewundernswert, pur. Er erlöste sie mit seiner Haltung von ihrer miesen, verkommenen, kapitalistischen Welt der Mode und der Werbung wie von einer schweren Sünde. Insgeheim wunderte sie sich, daß er sie nicht für ihre Arbeit verachtete. Aber das Gegenteil schien der Fall zu sein. Er begleitete sie zu fast all ihren Fototerminen und wartete geduldig in irgendeiner Ecke auf sie, er kam gern mit zu den Modeschauen, für die Edda sie jetzt zunehmend buchte, weil Antonia sich standhaft weigerte, den Exklusivvertrag für das Sonnenschutzmittel zu unterschreiben, und dann saß er dort in seinen vergammelten Klamotten, unrasiert, mit seinen verfilzten Haaren und mit einem breiten Grinsen auf dem Gesicht unter der Hautevolee, die ihn erstaunt beglotzte wie ein seltenes Tier, und Antonia war stolz, so stolz, daß sie einen Mann hatte, der nichts mit diesen Leuten zu tun hatte und von ihnen nur naserümpfend geduldet wurde. Sie fühlte sich mutig, unkonventionell und unabhängig. Durch Johnny wurde sie fast wieder ein bißchen zum Star, denn die Kombination »Penner und schönes Mädchen« war umwerfend. Manchmal allerdings, und mit der Zeit immer heftiger, wünschte sie sich, Johnny möge wenigstens zu Hause seine zerrissenen, schmutzigen Kleider ausziehen, seine dämliche Bettlerrolle aufgeben, sich rasieren und ein sauberes Hemd anziehen. Der miefige Schweißgeruch seiner Klamotten störte sie jetzt plötzlich, der Dreck, der ihm in den Haaren saß, unter den Fingernägeln, in den Bartstoppeln. Sie konnte ihm weniger und weniger dabei zusehen, wie er alles mit den Fingern aß – als Protest gegen bürgerliche Rituale – und sich dann die fettigen Hände an den dreckigen Jeans abwischte. Es faszinierte sie nicht mehr wie am Anfang, daß er ständig vor sich hinfurzte und rülpste. Sie haßte seine Bettlerrolle. Und so schnitt sie ihm eines Nachmittags, als er schlafend neben ihr lag, kurzerhand die Haare ab. Während sie noch lauschte, wie er wütend die Treppe hinunterrannte, war sie bereits überrascht, welch dramatischen Effekt sein Verschwinden auf sie hatte. Zeitweise hatte sie sogar das Gefühl, ohne ihn nicht atmen zu können. Sie würgte wie in Erstickungsanfällen und mußte sich, ganz von selbst, vor Angst, er könne nie mehr zurückkommen, mehrmals übergeben. Sie wühlte die Haare, die sie ihm abgeschnitten hatte, aus dem Papierkorb und streute sie wie Asche über ihr Haupt. Es war das einzige, was sie von ihm zurückbehalten hatte. Er besaß ja noch nicht einmal eine Zahnbürste.

Als er einen vollen Tag später endlich wieder nach Hause kam, schwor sie ihm unter Tränen, sie wolle so etwas nie wieder tun, sie liebe ihn doch so, wie er sei, bis langsam, langsam seine Wut verrauchte, und alles so weiterging wie bisher. Antonia ging arbeiten, und er, manchmal, wenn er etwas erleben wollte, betteln.

Eines Tages sagte Antonia, während sie sich die Haare wusch und Johnny neben ihr auf dem Klo saß (nie wieder sollte Antonia einen Mann kennenlernen, der das in ihrem Beisein tat – Antonia fand es so herum ganz gemütlich, es störte sie nur, daß Johnny auch jederzeit Zutritt zum Bad verlangte, wenn sie auf dem Klo war), sie sagte also aus einer Laune heraus und ohne weiter nachzudenken, sie würde so gern einmal mit ihm verreisen. Sie hatte den Satz kaum ausgesprochen, da bereute sie ihn eigentlich schon. Gab es etwas Spießigeres als zu verreisen? Aber als sie Johnny ansah, leuchteten seine Augen ganz seltsam. Es war, als hätte sie Simsalabim gesagt. Von einem Tag auf den anderen wurde aus Johnny, dem Penner, Johnny, der Globetrotter. Er war schon überall gewesen, er kannte sich bestens aus, er wußte, wo man die billigsten Flüge bekam, die besten Rucksäcke, die leichtesten Schlafsäcke, die neusten Isoliermatten, ob man Impfungen brauchte, Moskitonetze, Malariaprophylaxe, er kümmerte sich um alles. Auch um das Reiseziel. Südamerika, Peru bestimmte er. Mit dem Rucksack durch die Anden.

Bei dem Gedanken wurde Antonia leicht schummerig, sie haßte Rucksacktouristen und körperliche Anstrengungen, aber da dieses Vorhaben Johnny derartig begeisterte und so in Anspruch nahm, daß er seine Pennerallüren darüber komplett vergaß, sich sogar plötzlich rasierte, duschte und sich die Haare wusch, und sich nicht weiter beschwerte, als Antonia ihm drei neue Hemden (auf alt getrimmte Jeanshemden) kaufte, ein zweites Paar Jeans, Socken und Unterhosen (schwarze Seidenslips von Yves Saint Laurent, Antonia trennte vorsorglich die Etiketten heraus), weil er endlich ganz genau so aussah, wie sie sich ihn die ganze Zeit über vorgestellt hatte, beschloß sie, dafür alles andere in Kauf zu nehmen.

Sie kamen in Lima an, und schon, als Antonia todmüde vom langen Flug die Gangway hinuntertaumelte, wußte sie, daß sie diese Stadt hassen würde. Sie hatte eine gleißend helle Sonne erwartet, und salzigen Meeresgeruch, statt dessen war der Himmel düstergrau, es nieselte, und die Luft stank nach Benzin.

In einem Sammeltaxi, in dem sie dichtgedrängt mit zwei Mädchen aus Freiburg mit riesigen Rucksäcken und einem älteren Ehepaar aus Kalifornien saßen, die, kaum hatten sie Platz genommen, bereits den Reiseführer aufklappten, fuhren sie ins Zentrum, vorbei an düsteren Betonwänden, die mit roten Sternen und politischen Parolen bemalt waren, armseligen Hütten aus Wellblech und Pappe, Schutt und Abfall, Menschen in Lumpen, nackten Kindern, bettelnden Krüppeln. Antonia, die so etwas noch nie gesehen hatte, glaubte, sie sei entsetzt, aber im Grunde genommen waren ihr diese Bilder durch das Fernsehen viel zu vertraut, als daß sie wirklich etwas empfunden hätte. Sie sah ähnlich bemüht mitleidsvoll durch das Autofenster wie sonst auf die Mattscheibe, wenn ihr dieselben Bilder ins Zimmer wehten und sie Skrupel hatte, sofort umzuschalten. Sie drehte sich nach Johnny um, der ungerührt und recht fröhlich aussah, und griff nach seiner Hand. Nach schier endloser Fahrt lud sie das Taxi schließlich an der grauen, verkehrsumtobten Plaza de Armas im Zentrum ab, und wie von einem anderen Planeten gefallen, standen Johnny, Antonia und die beiden Mädchen aus Freiburg mit ihren bunten Rucksäcken da und rührten sich erst einmal nicht vom Fleck. Das amerikanische Ehepaar wünschte allen freundlich einen schönen Aufenthalt in Peru und stieg in das nächste Taxi, um sich zu seinem Hotel fahren zu lassen, das sie natürlich im voraus gebucht hatten. So sehr Antonia Hotelzimmer inzwischen eigentlich haßte, in diesem Augenblick beneidete sie die beiden glühend um ihren sicheren Ort in diesem Chaos. Die Freiburgerinnen, die bereits jetzt schon so schmuddelig aussahen, als seien sie schon seit Wochen unterwegs, die Haare strähnig und fettig, die T-Shirts über ihren freibaumelnden Brüsten fleckig, die Füße in ihren Birkenstock-Sandalen grau, hoben die Hand zum Gruß und latschten langsam davon. Johnny rührte sich nicht von der Stelle. Antonia hatte Durst, sie war müde, sie fror, sie sehnte sich nach einer Dusche. Nichts davon wagte sie Johnny zu sagen, der ruhig und entspannt einfach so dastand und sich umsah. »Was machen wir jetzt?« fragte sie vorsichtig.

»Entspann dich, Baby«, sagte er, »guck dich

erst mal um. Du bist doch noch gar nicht richtig gelandet.«

Antonia ging ein paar Schritte auf einen Straßenhändler zu, der Säfte in schillernden Farben feilbot, kaufte einen Plastikbecher mit einer kritzegelben Flüssigkeit, drückte ihm irgendeine Münze in die Hand, die er dankbar annahm, also war es wohl viel zu viel, egal, sie stürzte den Saft, der angenehm nach Ananas schmeckte, hinunter und wollte sich schon einen zweiten holen, da sagte Johnny: »Bist du sicher, daß du das verträgst?« Also setzte sich Antonia wieder auf ihren Rucksack, und während Johnny weiter dem Menschen- und Verkehrschaos um sie herum interessiert zusah, starrte Antonia stumpfsinnig vor sich hin und versuchte ihrer immer stärker werdenden Sehnsucht nach einer Dusche und einem Bett Herr zu werden, als ihr plötzlich heiß und kalt, übel und schwindlig zugleich wurde. Sie schlotterte am ganzen Körper, ihre Zähne schlugen aufeinander, Schweiß tropfte von ihrer Stirn. Johnny ließ sich erweichen, diese Nacht im Nobelhotel Bolivar, direkt gegenüber an der Plaza de Armas, zu verbringen. Nur diese eine Nacht, versprach Antonia dankbar, morgen geht es mir wieder besser, bestimmt!

Und so lag sie also später neben ihm in einem riesigen Bett mit weißer, gestärkter Spitzenwäsche, und Johnny war ihr mit einem Mal fremd. Es war lang nach Mitternacht, und draußen tobte immer noch der Verkehr, aber nichts war mehr zu hören von den Rufen der Demonstranten wenige Stunden zuvor. Anfangs hatte man sie in dem allgemeinen Verkehrslärm gar nicht ausmachen können, aber dann hörte Antonia Schüsse, oder Fehlzündungen eines Autos, wie sie erst einmal annahm, als Johnny schon ans Fenster stürzte. Auf dem Platz unter ihnen waren Tausende von Menschen versammelt, die Fahnen schwenkten und irgend etwas riefen, das sie nicht verstanden, Schüsse knallten, Polizei und Militär riegelten den Platz ab, die Menschenmenge wogte ein paarmal hin und her wie unter starken Windböen, und dann rannten alle auseinander, und innerhalb von wenigen Minuten war der Platz menschenleer, nur die Autos fuhren weiter um ihn herum wie aufgezogene Spielzeugautos. Johnny wandte sich enttäuscht vom Fenster ab.

Er wäre am liebsten sofort hinuntergelaufen und hätte sich unter die Menschen gemischt, das sah Antonia ihm an, nur ihretwegen hatte er darauf verzichtet, da hatte er sich was Schönes eingebrockt, mit einer verwöhnten Pute von Fotomodel nach Südamerika zu fahren und sie dazu zu bringen, den Kosmetikkoffer mit dem Rucksack einzutauschen. Das denkt er doch jetzt, dachte Antonia, er wünscht, er wäre allein. Als sich Johnny wieder neben sie legte, rutschte sie ganz dicht an ihn heran, und dabei stellte sie fest, daß er sich nicht so anfühlte wie sonst. Es war, als hätten sich ihm vor Widerwillen alle Härchen seines Körpers aufgestellt, und sie spürte sie wie tausend Stacheln. Sie ertrug diese Fremdheit nicht, also schlug sie vor, etwas essen zu gehen, das täte ihrem aufgebrachten Magen sicherlich gut. Johnny warf wortlos die Beine vom Bett und zog seine Schuhe an.

Im Speisesaal warteten genau zehn Kellner auf sie, die, die Servietten über dem leicht abgewinkelten Arm, mit halbgeschlossenen Augen regungslos wie schlafende Pferde an den Flügeltüren zur Küche standen. Johnny und Antonia schienen die einzigen Gäste zu sein und sie eher zu stören. Einer der zehn Kellner setzte sich schließlich in Zeitlupentempo in Bewegung, nahm ihre Bestellung mit unbewegter Miene auf und schlurfte damit zurück in die Küche, an den anderen Kellnern vorbei, die sich keinen Zentimeter von der Stelle rührten. Ausdruckslos starrten sie Johnny und Antonia an. Es war totenstill im Saal. Antonia rutschte ungeduldig auf ihrem Stuhl herum.

»Ha!« sagte Johnny laut in den leeren Saal, »wir sind also in Peru.« Antonia senkte schuldbewußt den Kopf.

»Mir geht es ja schon besser«, sagte sie leise, »morgen bin ich wieder fit.« Johnny sah sie mit schräg gelegtem Kopf prüfend an.

»Meinst du, das war eine gute Idee?« fragte er, und Antonia wußte sofort, was er meinte. Sie zögerte einen Moment, dann sagte sie: »Doch. Ganz bestimmt«, und nahm seine Hand, die sich anfühlte wie die Hand von irgend jemandem, aber nicht wie die Hand von Johnny. Nein, dachte sie verzweifelt, es war keine gute Idee.

»Dein Rucksack ist zu schwer«, sagte er und entzog ihr seine Hand, »du wirst auf irgend etwas verzichten müssen. Ich schleppe ihn auf jeden Fall nicht.«

Es stimmte, ihr Rucksack wog fast doppelt so viel wie seiner, aber er konnte ja auch leichten Herzens auf Haarshampoo verzichten, ihn machten fettige Haare bestimmt nicht nervös, er brauchte keine Tages- und Nachtcreme, aber es gab nun mal keine Creme, die für die Nacht fettig genug und gleichzeitig nicht fettend für den Tag war, Foundation, nur eine ganz ganz klitzekleine Flasche, Rouge, sie wollte nicht immer aussehen wie ausgespuckt, Lidschatten, aber wirklich nur einen einzigen in Graubraun, ein bißchen Puder, ein Deodorant, sie haßte Schweißgeruch und fand ihn auch bei Johnny nicht gerade anziehend, ein Duschgel, Seife, ein Handtuch wenigstens. Das war weniger als die Grundausstattung, die sie sonst mit sich herumschleppte. Und die war bescheiden im Vergleich zu den meisten anderen Models. Für die Reise kamen natürlich noch drei verschiedene Sonnenschutzmittel dazu, eins fürs Anfangsstadium, eins für später und eine After Sun Lotion (mit Absicht hatte sie keine Präparate der Firma gekauft, die ihr vor einiger Zeit den Exklusivvertrag angeboten hatte), diese drei Tuben wogen nun wirklich nicht viel. Schwer dagegen waren die vier großen Flaschen Kontaktlinsenflüssigkeit, die sie in Peru bestimmt nicht bekam. Sollte sie deshalb vielleicht blind durch die Gegend laufen? Dafür hatte sie nur vier T-Shirts, zwei Hosen, einen Rock, ein Kleid eingepackt (man konnte doch nie wissen – wenn Johnny allerdings von den Pumps erfuhr, die sie ganz unten im Rucksack versteckt hatte ...), zwei Pullover, allerdings achtundzwanzig Wegwerf-Slips, für jeden Tag ihrer Reise einen. Die nahmen aber nun wirklich kaum Platz weg. Der Gedanke, in schmutziger Unterwäsche herumlaufen zu müssen, war ihr einfach zuwider.

Der mißmutige Kellner stieß die Flügeltüren auf und balancierte zwei Tabletts, darauf riesige Silberhauben. Als er sie vor sie hinstellte, bemerkte Antonia, daß sie beide verbeult waren. Mit einer nonchalanten Geste lüpfte er die Hauben, und es kam darunter eine Consommé mit riesigen Fettaugen für Antonia und ein mickriges Stück Fleisch mit einer winzigen Kartoffel für Johnny zutage.

»Ich fühle mich beschissen feudal«, sagte Johnny, als der Kellner sich entfernt und wieder in die Reihe seiner neun dösenden Kollegen eingereiht hatte.

»Der Kellner lebt aber von uns«, erwiderte Antonia leise, »und von unserem Trinkgeld kann er seine Familie eher ernähren, als wenn wir seiner Großmutter auf der Straße ein Kaugummi abkaufen.«

»Ach, Quatsch«, sagte Johnny und bleckte die

Zähne, »so perpetuieren wir nur die herrschenden Verhältnisse.« Mach beim Essen den Mund zu, dachte Antonia.

Das ältere amerikanische Ehepaar, mit dem sie im Taxi gesessen hatten, betrat den Speisesaal. Sie nickten Johnny und Antonia höflich zu und setzten sich dann ganz auf die andere Seite des Raums. Ein anderer aus der Reihe der schlafenden Kellner machte sich erst nach Minuten langsam auf den Weg. Antonia beobachtete das Ehepaar. Sie sahen fröhlich und gelassen aus. Beide trugen Strickwesten und hatten fast denselben helmartigen Haarschnitt. Seine Haare waren eine Spur grauer als ihre. Sie sprachen leise miteinander, und es hörte sich freundlich an.

»Sie hassen uns«, sagte Johnny und wies auf die Kellner, »das heißt, ich hoffe, sie hassen uns. Kapitalistische Stinker, die wir sind.«

Antonia nickte mit dem Kopf. Werde ich jemals einen Mann haben, mit dem ich in fünfzig Jahren friedlich am Tisch sitzen kann? dachte sie. Als der Kellner mit den Silberhauben für das Ehepaar aus der Küche kam, beobachtete sie, wie er auf dem Weg blitzschnell unter eine der Hauben griff und sich etwas in den Mund schob. Sie hoffte, Johnny hätte es nicht gesehen, aber da sagte er schon: »Sie haben Hunger. Das, was sie uns servieren, können sie sich selbst niemals leisten.«

Antonia verlangte nach der Rechnung. Der Kellner sah sie irritiert an, und erst als Johnny wiederholte, sie würden gern bezahlen, setzte er sich in Bewegung und kam mit einer kleinen schwarzen Schachtel auf einem Tablett zurück, das er vor Johnny hinstellte. Johnny sah Antonia unruhig an. »Macho-Land«, sagte er schulterzukkend. Sie begriff und reichte Johnny unter dem Tisch Geld, das er in die Schachtel legte. Der Kellner wußte aber nur zu genau, wie hier die Verhältnisse waren, denn als er die Schachtel wieder an sich nahm, bedachte er Johnny mit einem abfälligen Lächeln. Antonia hätte ihm allzugern das üppige Trinkgeld wieder weggenommen.

Zurück im Zimmer warf Johnny sich aufs Bett und rauchte wortlos ein paar Zigaretten. Sie schleppte ihren Rucksack ins Badezimmer und warf schließlich nach gründlicher Überlegung einen schweren Tiegel mit einer Reinigungsmaske aus Tonerde in den Papierkorb. Dann fiel ihr ein, daß vielleicht das Zimmermädchen etwas damit anfangen könnte, und sie holte ihn wieder aus dem Abfallkorb und stellte ihn auf den Badewannenrand. Aber weil sie befürchtete, Johnny könne ihn dort entdecken und sich über sie lustigmachen, packte sie ihn schließlich wieder in den Rucksack.

Als sie aus dem Badezimmer kam, war er eingeschlafen. Er sah so schön aus, wie er dort auf dem Bett ausgestreckt lag und hinter ihm die weißen Vorhänge ins Zimmer wehten wie in einem Hollywoodfilm. Ganz vorsichtig setzte Antonia sich zu ihm auf die Bettkante. Sie hätte ihre Liebe zu Johnny gern in diesem Bild versiegelt, wie ein Insekt in Bernstein, für immer und ewig ihrs, ohne daß er es zerstören könnte. Er konnte dran rütteln, es schütteln, es würde nichts daran ändern, ihre Liebe zu ihm bliebe unveränderlich. Sie wußte, daß sie sich bereits verändert hatte, heute, hier in Lima, und daß das das Schlimmste an der Liebe war, daß sie so plötzlich und völlig unvorhersehbar ausbleiben konnte.

Immer, wenn sie sich später an diese Reise erinnerte – und das tat sie nicht gern –, kam es ihr vor, als sei das Hotelzimmer in Lima der letzte sichere Ort gewesen, an dem sie sich aufgehalten hatte, bevor alles vor ihren Augen verschwamm.

Sie erinnerte sich an endlose Fahrten in überfüllten Bussen, in denen sie Platzangst bekam, an stundenlange Warterei auf staubigen, leeren Straßen und öden Busbahnhöfen, in verdreckten cantinas, in denen sie sich kaum traute, aus der Kaffeetasse zu trinken, weil sie fürchtete, davon sterbenskrank zu werden; Reis mit kleinen, grünen Bananen war das einzige, was sie aß, weil es ihr halbwegs sicher erschien, und überall die bettelnden Kinder, die sie anfangs zu Tränen rührten, von denen sie sich dann aber bald belästigt fühlte, sie erinnerte sich an schäbige Hotelzimmer mit harten Strohsäcken und kratzigen Dekken und immer ohne fließend Wasser, an einen glücklichen Johnny, eine unglückliche Antonia und die Farbe Grün. Dickblättrige, grüne Pflanzen überall, wie mit grünem Pelz überzogene Berge, die den ganzen Tag an ihr vorüberzogen, und abends grün gestrichene Kneipen, in denen sie stumm neben dem piscotrinkenden Johnny saß, der bereits nach zwei Tagen im Bus anfing so zu stinken, daß sie ihn kaum noch küssen mochte.

Niemals hätte sie gedacht, daß sie ohne ihre morgendliche Dusche kaum leben konnte, daß sie den ganzen Tag unter ihrem eigenen Schweißgeruch litt wie unter einer Wunde, daß sie mit ungewaschenen Haaren überhaupt kein Selbstvertrauen mehr besaß, daß ihre gesamte Person abhängig war von Wasser, Seife und Spiegel wie ein Junkie von der Nadel. Die ganze Reise über, so kam es ihr im nachhinein vor, hatte sie auf ihre Hände gestarrt, die dreckigen Fingernägel, die schmutzverschmierten Innenflächen, und versucht, sich an den Gedanken zu gewöhnen, daß sie nun mal so aussahen, wie sie aussahen, und daß daran auch nichts zu ändern war, daß es trotzdem weiterhin ihre Hände waren, daß sie überhaupt dieselbe Person war, nur mit ein bißchen Dreck dran. Es gelang ihr nicht. Sie fühlte sich unsicher, häßlich, lebensunfähig. Während sie im Bus, eingeklemmt zwischen streng riechenden Indiomüttern und ihren rotznasigen Kindern, Tag für Tag durch die Anden schaukelte, träumte sie sehnsüchtig von schneeweiß gekachelten Badezimmern, von makellos sauberen Toiletten, strömenden Duschen, duftenden Seifen, Vollbädern, flauschigen Frotteehandtüchern. Sie schämte sich dafür und bemühte sich, Johnny dankbar zu sein, daß er sie, seiner Meinung nach, so luxuriös reisen ließ und sie, seit ihrer Nacht in Coca, nicht mehr zwang, im Freien zu übernachten.

Sie kamen in dem kleinen Dorf Coca an, als die Sonne unterging. Innerhalb von wenigen Minuten wurde es pechschwarz um sie herum. Nach dem LKW, mit dem sie gekommen waren, kam kein einziges Auto mehr an ihnen vorbei. Aus den bescheidenen Lehmbauten von Coca drang nirgends Licht. Der Ort wirkte vollkommen ausgestorben. Sie stolperten mit ihren Rucksäcken die steinige Dorfstraße entlang, streunende Hunde schnüffelten an ihnen und rieben sich an ihren Beinen. Antonia griff angsterfüllt nach Johnnys Hand. Sie konnte sein Gesicht kaum sehen, so dunkel war es. »Hm«, sagte Johnny, »das Nachtleben von Coca tost ja nur so.« Antonia wagte nicht, ihn zu fragen, wie er sich denn vorstellte, die Nacht zu verbringen. Sie hockten sich auf eine Mauer und aßen Brot, eine Orange und ein Stück scharfe Salami. Die Hunde sprangen an der Mauer hoch und schnappten nach der Wurst. Als sie alles aufgegessen hatten, gingen sie, gefolgt von den Hunden, weiter bis ans Ende vom Dorf, ohne ein einziges Licht zu sehen, dann drehten sie um und gingen denselben Weg wieder zurück.

Dieses Mal sahen sie den schwachen Widerschein eines Feuers hinter einer halb zerfallenen Hauswand. Neben dem kleinen Feuer, das nur noch vor sich hinglühte, lag ein Haufen Lumpen. Sie traten näher an das Feuer, da bewegte sich der Haufen. Eine in Decken eingewickelte uralte Frau mit einem Gesicht wie eine Krokoledertasche richtete sich auf und zischte sie an, so wie eine Gans zischt, wenn sie angreift, »chchchchchch«, machte die Frau. Antonia schrie auf, wandte sich um und rannte die Dorfstraße entlang, stolperte, fiel mit ihrem Rucksack auf den Rücken wie ein Käfer, rappelte sich wieder auf, lief weiter. Die Hunde sprangen an ihr hoch, leckten ihr übers Gesicht. Schließlich blieb sie atemlos stehen. Es dauerte lange, bis Johnny sie erreicht hatte. Antonia spürte seinen Widerwillen in der Dunkelheit wie eine kühle, undurchdringliche Luftmasse, die ihn umgab. Er sagte kein Wort, nahm sie fest an der Hand und zog sie auf die Ladefläche eines geparkten LKW. Die Hunde sprangen eine Weile an dem Wagen hoch, dann gaben sie auf und trollten sich. Im Schein von Johnnys Feuerzeug krochen sie in ihre Schlafsäcke. Johnny schlief nur wenige Minuten später.

Antonia lauschte mit bangem Herzen auf die fremden Geräusche um sie herum. Ein viel zu großer Himmel mit viel zu vielen Sternen stand über ihr. Er verwirrte sie, so groß war er. Sie stellte sich vor, von ihm aufgesaugt zu werden, sich mit Lichtgeschwindigkeit als winziger Punkt im Kosmos zu verlieren. Schlotternd vor Angst preßte sie sich eng an Johnny, der ruhig weiterschlief. Mit vor Panik wild klopfendem Herzen zählte Antonia die endlosen Stunden, die sie vom Tag trennten. Die Zeit fühlte sich so zäh an wie schwarzer Teer. Bis irgendwann, mitten in der Nacht, in der Entfernung plötzlich rote Lichter ansprangen, wie eine Jahrmarktsbeleuchtung so bunt. Antonia richtete sich mit einem Ruck auf. CINE, stand dort plötzlich in rotem Neon am schwarzen Himmel. KINO. Im Kino von Coca war aus unerfindlichen Gründen das Licht angegangen. Bis zum Morgen starrte Antonia auf diese Leuchtschrift, und nur mit Hilfe dieser vier Buchstaben, so kam es ihr vor, überlebte sie diese Nacht.

Ohne daß sie weiter darüber sprachen oder daß Antonia Johnny von ihrer Angst in dieser Nacht erzählt hätte, übernachteten sie von da in kleinen Pensionen, billigen Hotels. Antonia war dankbar, aber sie sah Verachtung in seinem Blick, wenn er sich jeden Abend wieder nur ihretwegen auf die Suche nach einer Unterkunft machte, wenn er sie stumm dabei beobachtete, wie sie sich mit kostbarem Trinkwasser (das sie sowieso niemals getrunken hätte!) das Gesicht wusch, sich die Kontaktlinsen herausnahm und sich dann mit ihrer Nachtcreme einrieb. Aber darauf konnte sie nicht verzichten, das war für sie ein überlebenswichtiges Ritual, das ihr ein klein bißchen von ihrer Selbstachtung zurückgab, die sie jeden Tag aufs neue verlor.

Niemals hätte sie geglaubt, daß ein bißchen Dreck und Gestank ihre Sympathie für sich selbst so vollkommen ruinieren könnte. Johnny dagegen blühte zusehends auf. Er genoß es, sich treiben zu lassen, alles dem Zufall zu überlassen. Antonias Reiseführer warf er schon am dritten Tag lachend aus dem Busfenster. »Laß dich einfach fallen. Von jetzt ab darfst du einfach nur sein«, sagte er großspurig. Fallenlassen! Wie soll ich mich fallenlassen, dachte Antonia bitter, in einem klapprigen Bus, der jeden Moment über die Klippen stürzen kann, mit Wanzen im Zimmer, widerlichen Bakterien im Essen, verdreckt, stinkend und müde. Wie soll ich dich weiter lieben, und wenn du mich dazu bringst, mich zu hassen. Wenn du all das kannst, was ich nicht kann? Sie sah ihm neidisch zu, wie er vergnügt mit den Leuten schwatzte, obwohl er kaum spanisch und natürlich kein Wort Quechua sprach, während sie aus einem Taschenwörterbuch überlebensnotwendige Vokabeln wie baño, Toilette, und papel higiénico, Klopapier, auswendig lernte. Er bewegte sich in der fremden Welt mit einer spielerischen Neugier wie ein junger Hund, er konnte alles essen, alles trinken, ohne daß er krank wurde, er hielt die Hitze, die dünne Luft aus wie ein Einheimischer, den Staub, die Fliegen, konnte überall schlafen, kein Bett war ihm zu hart, kein Insekt zu widerlich. Morgens spülte er sich mit einem Schluck abgestandenen Bier den Mund aus, fuhr sich mit den Fingern durch die Haare, stieg in seine Jeans, die steif waren vor Dreck, und fühlte sich dabei wohl. Er hatte vor nichts und niemandem Angst, er war immer gutgelaunt, Erschöpfung schien er nicht zu kennen, genausowenig wie Hunger oder Durst. Neben ihm fühlte sich Antonia wie ein quengelndes Kleinkind, und je länger sie unterwegs waren, um so glücklicher erschien er ihr, und um so mehr wuchs ihr eigenes Unglück.

Obwohl sie jeden Tag dicht aneinandergedrückt im Bus saßen, sich bibbernd in den eiskalten Bergnächten zusammendrängten, manchmal, nur um sich zu wärmen, auch miteinander schliefen, wurde die Entfernung zwischen ihnen immer größer. Er schien sie zu seinem Glück überhaupt nicht zu brauchen, und sie sehnte sich eigentlich mehr nach einer Dusche als nach ihm. Wenn sie sich nur endlich wieder waschen könnte, sagte sie sich, wäre sie wieder sie selbst, und dann könnte sie ihn auch wieder lieben wie zuvor. Es kam ihr vor, als sei sie gar nicht wirklich anwesend, als könnte sie alles erst dann richtig erleben, wenn sie es in ihrer gewohnten Verfassung tun dürfte, sauber, duftend, mit frisch gewaschenen Haaren, so wie in einer mißglückten Fotosession, in der man einfach noch mal von vorn anfing. Sie sah sich deutlich vor sich, wie sie hätte sein sollen, hübsch, selbstsicher, strahlend, wie auf Hochglanzfotos, vor den überwältigenden Adobesbauten von Chan Chan, in den weißen Straßen von Arequipa, auf den bunten Märkten Cuzcos und vor den gigantischen Ruinen von Machu Picchu. Aber in Wirklichkeit latschte sie gleichgültig hinter Johnny her, sie bemühte sich, von dem was sie sah, beeindruckt zu sein, und verabscheute sich dafür, daß sie es nicht war, daß ihr Körper ihr wichtiger war als die imposantesten Sehenswürdigkeiten Südamerikas. Jede verhärmte, abgearbeitete Indiofrau erschien ihr attraktiver als sie selbst, und was noch viel schlimmer war, jede verschlampte deutsche Rucksackkuh, wie sie sie nannte, in ihrer Selbstverständlichkeit auch. Erstaunt beobachtete Antonia diese Mädchen, die alle so waren wie Johnny: anspruchslos, fröhlich, dreckig.

Auf dem Inkapfad, der sie in fünftägiger Wanderung zum Machu Picchu bringen sollte (warum konnten sie nicht den Zug nehmen wie andere Touristen auch?), stießen sie immer wieder auf ganze Gruppen dieser Frauen, und Johnny rauchte Joints mit ihnen und quatschte und flirtete, während Antonia sie stumm und abweisend beobachtete. Keine schien unter ihrem Rucksack fast zusammenzubrechen wie sie, keine wurde von Insekten dermaßen belästigt, keine fror so wie sie, keine schwitzte so wie sie, keine schien so todmüde. Sie sprühten allesamt vor Begeisterung, nur sie, Antonia, war der ewige Spielverderber, ein blasses, unattraktives Häufchen Elend. Antonia glühte vor Haß auf diese Frauen, aber das schien keine zu bemerken. Überhaupt bemerkte sie kaum noch jemand, dachte sie wütend, während sie keuchend vor Anstrengung hinter Johnny hertrottete, sie war völlig uninteressant geworden, es war nur noch eine Frage der Zeit, wann Johnny sie einfach irgendwo zurücklassen würde wie eine leere Coladose. Er sah sich kaum noch nach ihr um, immer größer wurde der Abstand zwischen ihnen, und mit jedem Meter, den er wuchs, haßte sie ihn mehr, während sie sich gleichzeitig danach sehnte, daß er sich umdrehen möge und sie in die Arme nehmen, ihr ins Ohr flüstern möge: Du hast die Prüfung bestanden, ich werde dich ewig lieben, wir kehren um und gehen in ein Fünf-Sterne-Hotel, drei Tage bleiben wir nur im Bett, es hat kühle, seidene Laken, und das Bad ist aus weißem Marmor.

Und da drehte er sich tatsächlich um, kam auf sie zu und sah sie kopfschüttelnd an. »Wenn du so weiterschleichst, schaffen wir es nie«, sagte er freundlich. Sie sah zu Boden. Er hatte ihr mehrmals angeboten, die Rucksäcke zu tauschen, aber ihr letzter Rest Stolz hatte ihr bisher verboten, das Angebot anzunehmen. Wütend spürte sie, wie ihr die Tränen über das Gesicht liefen. »O Gott«, sagte Johnny, »jetzt fang nicht auch noch an zu heulen. Gib mir deinen Rucksack.« Sie schüttelte den Kopf und starrte weiter zu Boden. Er zog die Schultergurte ihres Rucksacks herunter und hievte ihn von ihrem Rücken, während sie bewegungslos mit gesenktem Kopf weiter dastand wie ein Maulesel und beobachtete, wie ihre Tränen zu Boden tropften. Johnny öffnete ihren Rucksack, wühlte darin herum, holte als erstes ihre gut versteckten Pumps heraus, dann ihre restlichen siebzehn Wegwerfunterhosen, dann schleuderte er der Reihe nach ihre sämtlichen Kosmetika in hohem Bogen in das undurchdringliche Gebüsch rechts und links des Pfades, während er dabei amüsiert die Namen der Tuben und Tiegel vorlas: »Pure Nature Factor 100«, kicherte er, »Future Perfect«, »Moisture Splash«, »Biological Age Control«, wieherte er, »Sun Repair Complex«, »Styling Gel«, »Crème Réparatrice de Nuit«, »Base de Vie«, »Glanz und Fülle«, »Eternity« … Er wollte sich ausschütten vor Lachen. Sie wandte den Kopf ab und sah in das undurchdringliche Grün, in dem jetzt Kosmetika im Wert von mehreren hundert Mark vor sich hinschimmeln würden. Johnny verstummte, packte ihre Pumps und Unterhosen kopfschüttelnd wieder ein, verschnürte den Rucksack und hob ihn auf Antonias Rücken. Sie gab es nicht gern zu, aber der Rucksack fühlte sich deutlich leichter an. Johnny nahm ihren Kopf in seine Hände. »Sei mir nicht böse, Moskito, aber ich konnte das nicht länger mitansehen.« Sie weigerte sich, ihn anzublicken, aber als er seine Hände von ihrem Gesicht nahm, fürchtete sie plötzlich, er könne sie verlassen.

»Du liebst mich nicht mehr, stimmt's?« fragte sie leise.

»Ach, Blödsinn«, sagte er und zuckte die Achseln. Sie schwiegen. Ein Vogel kreischte, ein anderer antwortete ihm.

»Ich liebe dich nämlich mehr, als ich dir sagen kann«, flüsterte sie, und ihr Gesicht schwamm in Tränen.

»Naja«, sagte er, »dann ist ja gut. Ich dich

auch.« Er nahm sie bei der Hand, und sie gingen weiter.

Es stimmt doch, dachte sie, ich liebe ihn wirklich, das stimmt doch. Er ließ ihre Hand los, weil der Pfad sich verengte, und ging voraus. Bald schon vergrößerte sich der Abstand wieder zwischen ihnen, er sah sich nicht mehr nach ihr um, und sie stolperte wieder hinter ihm her, der Rucksack schien jetzt genauso schwer zu sein wie zuvor, er drückte sie erbarmungslos nieder, du Schwein, dachte sie, Johnny, du bist ein Arschloch, warum tust du mir das an? Rhythmisch dachte sie bei jedem Schritt: ich hasse dich, ich hasse dich, ich hasse dich, bis der Satz seine Bedeutung verlor, bis nichts mehr in ihrem Gehirn war als Müdigkeit und Erschöpfung.

Zwei Nächte verbrachten sie noch im Freien unter den Plastikplanen, die Johnny extra in Cuzco gekauft hatte und von denen er wohl glaubte, sie ersetzten Antonia hinreichend ein Dach über dem Kopf. Als Abendessen kauten sie an feuchten Keksen herum und tranken modrig schmeckende Cola dazu. Wieder schlief Antonia keine Sekunde. Sie hörte förmlich die Lianen wachsen, die Insekten über den Boden laufen, die Schlangen sich winden. Sie konnte sich nicht erinnern, sich jemals einsamer gefühlt zu haben als in diesen Nächten unter dem Himmel von Peru, mit einem schnarchenden Johnny an der Seite, der sich weigerte, ihre Angst zu teilen. Immer wieder war sie kurz davor, ihn zu wecken, aber letzten Endes fürchtete sie sich mehr vor seinem ironischen Gekicher als vor den Gefahren des Urwalds. Im Morgengrauen, als die Vögel einen Krach machten wie eine Schulklasse in einer Badeanstalt, wachte er endlich auf. Er gähnte, sprang auf, streckte sich wohlig, als habe er die angenehmste Nacht seines Lebens verbracht, und wischte sich mit einem großen, taufeuchten Blatt durchs Gesicht. Antonia beobachtete ihn dabei. Er wird immer mehr zum Tier, dachte sie neidisch, er hat es nicht nötig wie ich, daß ihm bei seinem Leben jemand zuschaut. Johnny drehte sich um, lächelte Antonia abwesend zu, half ihr dabei, den Schlafsack zusammenzurollen und zu verstauen, den Rucksack auf den Rücken zu hieven, alles, ohne ein einziges Wort, und dann liefen sie stumm weiter.

Antonia sehnte sich nach ihrem Spiegel, aber den hatte Johnny ebenso ins Gebüsch geworfen wie alles andere. Ohne den Spiegel hatte sie Mühe, ihre Kontaktlinsen einzusetzen. Aus Angst, sie zu verlieren, ließ sie sie in der Schachtel und sah von nun an alles unscharf, aber das war ihr sogar ganz recht so, ihr Elend verlor dadurch seine scharfen Konturen, wurde ein bißchen verschwommener, weicher, erträglicher. Sie sah nicht mehr nach rechts und links, nur noch auf Johnnys Rücken, stumpf und halbblind stapfte sie hinter ihm her, über Bergpässe, durch Täler, vorbei an halbüberwucherten Ruinen und aufgegebenen Terrassenplantagen, und als sie endlich, endlich den Machu Picchu erreichten und Johnny sie mit großer Geste strahlend einlud zu dem großartigen Anblick, glotzte sie dumpf auf einen hohen, grünen Felsen und verschwommene, graue Ruinen zu seinen

Füßen. Sie bedauerte es vage, keine Begeisterung aufbringen zu können, aber der Gedanke, der wirklich ihr Gehirn beschäftigte, war, daß es hier bestimmt Toiletten gab wegen all der Touristen. Das stimmte auch. Sie stanken zwar bestialisch und waren entsetzlich verdreckt, aber es gab im Vorraum einen rostigen Wasserhahn, aus dem ein dünnes Rinnsal eiskalten Wassers lief, ein kleines Stück harter Seife und einen winzigen Spiegel. Antonia brachte es fertig, sich mit dem bißchen Seife und Wasser das Gesicht, den Hals, unter den Achseln und auch noch irgendwie die Haare zu waschen, während gutgekleidete Touristinnen mit gerümpften Nasen und angehaltenem Atem an ihr vorbei auf die Toiletten marschierten.

»Da haben die soviel Kultur hier, und nirgends gibt's anständige Klos«, hörte sie eine dicke Dame im Seidenkleid in breitem Kölsch sagen.

»Entschuldigen Sie«, wandte sich Antonia an sie, »haben Sie vielleicht einen Kamm bei sich?«

Die dicke Dame musterte Antonia von oben bis unten, dann kramte sie zögernd in ihrer Handtasche und zog einen Stielkamm heraus. »Aber nur, wenn Sie keine Läuse haben«, sagte sie, ohne zu lächeln.

Antonia kämmte sich die nassen Haare, setzte ihre Kontaktlinsen ein, und als sie dann aus der Toilette kam, fühlte sie sich nicht nur fast wieder wie die alte Antonia, sie war jetzt auch ehrlich beeindruckt von der Szenerie. Seltsam, wie wenig man sich freuen kann, wenn man nach Schweiß stinkt, dachte sie und atmete tief die klare Bergluft ein. Vor ihr lag hoch über den Tälern und dem tosenden Fluß Urubamba, die sagenumwobene, verschollene Stadt, deren Namen keiner mehr kennt. Vom Tal aus ist sie nicht zu sehen, und so hatten hier 4000 Inkas jahrhundertelang unentdeckt von den Spaniern leben können, das erzählten die Reiseleiter in verschiedenen Sprachen ihren jeweiligen Gruppen, und Antonia schnappte Fetzen davon auf, während sie zwischen den Ruinen herumwanderte und Ausschau nach Johnny hielt. Sie hörte eine Frau mit einer Frisur wie Liz Taylor begeistert ausrufen: »It looks just like China!«

Warum nur, dachte sie, macht es den Menschen so einen Spaß, festzustellen, daß das Unbekannte gar nicht so anders ist als das, was sie schon kennen? Vielleicht will man gar nichts wirklich Neues erleben. Sie fand Johnny schließlich auf der anderen Seite der Stadtanlage, direkt gegenüber dem Huayna Picchu, dem Zuckerhutberg, der über der Stadt thront wie eine große grüne Mütze. Irgendwo hatte Johnny ein paar Sandwiches aufgetrieben und zwei Flaschen Bier, die Schlafsäcke hatte er ausgebreitet und alles wie zu einem Picknick arrangiert. »Ist das nicht der totale Wahnsinn?« rief er und sah sich stolz um, als hätte er allein den Machu Picchu entdeckt.

Ja, es war der Wahnsinn, ganz toll, und wirklich überwältigend, dachte Antonia, ich bin auch beeindruckt, aber es berührt mich nicht. Warum nicht? Sie setzte sich neben Johnny und beobachtete die Touristen, die in großen Herden über das Gelände getrieben wurden und es, so emsig wie Schafe nach Futter, nach Erlebnissen abgrasten. Ich bin so wie die, dachte Antonia, sie sehen alles und sehen nichts, sie sind hier und in Gedanken schon wieder im Hotel, im gemütlichen Bett.

»Ich könnte wochenlang hier einfach so sitzenbleiben«, sagte Johnny. Antonia, die fest angenommen hatte, sie würden nachmittags mit dem Zug nach Cuzco zurückfahren wie alle anderen Touristen auch, die sich die ganzen Tage schon überlegt hatte, wie sie Johnny eine Nacht in einem teuren Hotel würde schmackhaft machen können, die sich mit dem Gedanken an diese Belohnung für all die Strapazen auf ihrer schrecklichen Wanderung immer wieder getröstet hatte, bekam es mit der Angst. Und tatsächlich schlug Johnny vor, hier zu übernachten. Das sei zwar verboten, aber man könne sich ja bis Sonnenuntergang etwas unterhalb der Stadt verstecken und dann wieder hinaufsteigen, das sei überhaupt kein Problem. »Denn, was meinst du, was heute nacht passiert? Vollmond! Vollmond!« schrie er ihr begeistert ins Ohr. Antonia sank das Herz. Sie wußte, daß sie um nichts in der Welt Johnny von diesem

Schauspiel würde wegzerren können in ein komfortables Zimmer mit einem richtigen Bett und einem sauberen Klo, vielleicht sogar mit fließend Wasser und einer Badewanne. Alle Vollmonde ihres Lebens hätte sie dafür gegeben. Mit Tränen in den Augen sah sie zu, wie sich die Ruinenstadt gegen Sonnenuntergang langsam leerte, die klimatisierten Reisebusse vom Parkplatz rollten, die anderen sich zur Bahnstation aufmachten, die Wächter die letzten ermahnten, sich zu beeilen.

Johnny rollte die Schlafsäcke zusammen und führte Antonia, als die Wächter damit beschäftigt waren, die Eingangstore auf der anderen Seite zu schließen, einen halsbrecherisch steilen Pfad entlang den Felsen nach unten, und schon nach wenigen Metern war die Stadt aus ihrem Gesichtsfeld verschwunden. Der Pfad war so schmal, daß man sich nirgends hinsetzen konnte, auf der einen Seite eine fast spiegelglatte Felswand, auf der anderen die Schlucht, und tief, tief unten der tobende Fluß. Antonia hatte das Gefühl, jede Sekunde das Gleichgewicht zu verlieren und von ihrem Rucksack in die Tiefe gezogen zu werden. Zitternd klammerte sie sich an Johnny, der sie an die Felswand drückte und sie beschwor, nicht hysterisch zu werden. »In spätestens einer Stunde ist es dunkel«, sagte er.

»Und bis dahin sollen wir hier so stehenbleiben oder was?« schrie sie angsterfüllt. Er lehnte sich schwer gegen sie und flüsterte ihr beruhigend ins Ohr. »Ho, ho«, sagte er, wie zu einem Pferd, »ganz ruhig, ho, ho.« Irgendwann beruhigte sie das tatsächlich, sie sah und hörte nur noch ihn, sie grub ihren Kopf in seine Jacke und fühlte sich zum ersten Mal seit langer Zeit wieder aufgehoben und gemocht. Aber sie traute ihrem Glück nicht recht. »Johnny, darf ich dich was fragen?« Er brummte etwas, was wie eine Zustimmung klang, aber das war eigentlich auch egal, denn sie würde in jedem Fall sagen, was sie sagen wollte.

»Ich bin nicht so, wie du dir vorgestellt hast, nicht?«

»Hm«, sagte er.

»Bitte sag mir, was du von mir denkst. Bitte.«

»Ach«, seufzte er, »wozu soll das denn gut sein?«

»Ich habe dich enttäuscht, nicht?« fragte sie.

»Hm.«

»Also ja«, sagte sie.

»Naja«, sagte er.

»Du hast gedacht, daß ich freier bin, unverklemmter, lockerer, stimmt's?«

»Ach, ich denke heute das und morgen etwas anderes. Das ist doch alles nicht wichtig«, sagte er und drückte sie ein bißchen.

»Ich hasse mich«, sagte sie.

»Ja«, sagte er, »das ist es, was mich stört. Genau das.«

Du Idiot, dachte sie, daran bist nur du schuld. Ich habe mich vorher nie gehaßt. Und eigentlich hasse ich mich auch jetzt nicht, wenn ich so sein dürfte, wie ich bin.

»Wie müßte ich sein, damit du mich liebst?« fragte sie.

»Was ist denn das für eine bescheuerte Frage«, stöhnte er.

»Ich möchte ja anders sein«, sagte sie, »so wie du.«

»Dann könnte ich dich nicht lieben«, sagte er und lachte ein bißchen.

»Ach«, sagte sie, »so wie ich bin, willst du mich nicht, und du sagst mir nicht, wie ich sein sollte, damit du mich willst. So fühle ich mich immer falsch. Alles an mir ist falsch.«

»Vielleicht solltest du nicht so viel darüber nachdenken, was alles an dir falsch sein könnte«, schlug er vor, und seine Stimme klang jetzt hart.

Und du, dachte Antonia böse, du könntest zur Abwechslung mal drüber nachdenken, was an dir vielleicht nicht richtig ist. Wie ist das gekommen, daß ich mich am Anfang so schön gefühlt habe mit dir, daß ich das Gefühl hatte, du erlöst mich von mir selbst, du machst mich leicht und fröhlich, und jetzt machst du mich nur noch häßlich, traurig und schwer? Wie konnte das geschehen? Ich will den Anfang wiederhaben, dachte sie trotzig.

»Warum ist es nicht mehr so wie früher?« fragte sie ihn zärtlich.

»Warum ist heute Dienstag und nicht Montag?« erwiderte er.

Sie fühlte, wie er sich von ihr entfernte, und so drückte sie sich um so enger an ihn, aber er reagierte nicht mehr darauf, sein Körper blieb unverbindlich. Das erboste sie so sehr, daß sie sagte: »Ich glaube, du wirst mich verlassen.«

»Ja, rede nur immer wieder darüber«, sagte er und klang jetzt wütend, »immer wieder, so lange, bis ich endlich tue, was du schon immer gewußt hast. Dann hast du recht behalten, und es geht dir vielleicht besser damit als jetzt, wo wir ja, verdammt noch mal, zusammen sind, oder?«

»Glaubst du, es geht mir nur darum, recht zu behalten?« fragte sie.

»Ach, Scheiße«, sagte er, »es ist mir, ehrlich gesagt, ziemlich egal, was du glaubst, was ich glaube. Ich will nur meine Ruhe haben und ab und zu ein hübsches Mädchen vögeln.«

Ich dumme Kuh, ich habe es wieder geschafft,

dachte Antonia. Ich habe es geschafft, daß er das Messer zückt und es mir zwischen die Rippen sticht. Johnny, du bist ein Schwein. Warum tust du das? Vor Schmerz fing sie an zu weinen. Sie spürte, wie zuwider Johnny jetzt ihr enger körperlicher Kontakt war, aber er konnte auf dem schmalen Pfad noch nicht einmal einen Meter von ihr zurücktreten, ohne in die Schlucht zu stürzen, und so spannte er nur die Muskeln an, atmete ein und entfernte sich etwa einen Zentimeter von ihr. Es reichte, um Antonia in tief empfundene Verzweiflung zu stürzen. Sie schwor sich, nie wieder ein einziges Wort über ihre Lippen kommen zu lassen.

Eine Minute später fragte sie: »Findest du eigentlich meinen Busen schön?«

»Ja.«

»Das hast du nie zu mir gesagt.«

»Nein.«

»Warum nicht?«

Er schwieg. Es war nichts zu machen. Eine Frage wühlte in ihren Eingeweiden wie eine

Ratte. Ich werde ihn nicht fragen, o nein, ich werde ihn niemals wieder fragen, niemals, niemals, dachte sie. Und noch während sie das dachte, hörte sie sich fragen: »Liebst du mich?« Er ließ sich Zeit mit der Antwort. Jede Sekunde, die verstrich, dröhnte in Antonias Kopf wie ein Paukenschlag.

»Ich weiß es nicht«, sagte er dann.

Im ersten Moment fühlte sie gar nichts. Aha, dachte sie, so ist das also. Und dann plötzlich schnatterte sie mit den Zähnen, sie schlugen völlig unkontrolliert aufeinander, ihr Magen fühlte sich an wie aufgerissen, ihre Knie zitterten. Johnny hielt sie fest in den Armen, sonst wäre sie in den Abgrund gestürzt. Sie schluchzte ihm den Parka voll.

»Du wolltest ja unbedingt die Wahrheit hören«, sagte er hilflos.

Als es endlich dunkel geworden war, kletterten sie zurück in das abgesperrte Gelände. Ihre Beine fühlten sich weich an wie gänzlich ohne Knochen, und sie strauchelte mehrmals. Johnny hielt sie mit eisernem Griff am Handgelenk fest. Als sie oben ankamen, stand der Vollmond wie ein großer weißer Teller neben dem Zuckerhutberg und tauchte die Ruinen in ein graues, hartes Licht. Zum ersten Mal in ihrem Leben fand Antonia den Mond kalt und abweisend. Kein Mensch war weit und breit zu sehen. Johnny suchte eine Stelle aus, von der sie den Sonnenaufgang würden sehen können. Er rollte die Schlafsäcke aus und legte sie nebeneinander. Wortlos standen sie da und starrten in die Gegend. Antonias Augen schmerzten vom Heulen. Johnny nahm ihre Hand, hielt sie einen Moment unschlüssig und ließ sie dann wieder los. »Nimm's nicht so schwer«, sagte er. Er bot ihr einen Joint an, den sie ablehnte. Sie beobachtete ihn, wie er an einem der gewaltigen Felsquader lehnte und rauchte. Er sah so schön aus, so ruhig und zufrieden. Antonia spielte mit dem Gedanken, sich direkt vor seinen Augen vom Machu Picchu zu stürzen. Damit dieser entsetzliche Schmerz aufhört, dachte sie, damit endlich einfach alles aufhört. Sie kletterte in ihren Schlafsack und schloß die Augen. Ich möchte an etwas Schönes denken, nahm sie sich vor, an einen Mann, der mich immer liebt. Aber ihre Gedanken gingen immer wieder zurück zu Johnny, wie ein Hund, der, obwohl er von seinem Herren geprügelt wurde, ihm winselnd zu Füßen kriecht.

Denk an etwas anderes, befahl sie sich, denk an das schöne Fotomodel mit dem großen Busen, denk an all die Fotografen, die dich angemacht haben, an all die Männer, die dich wollten. Vielleicht verschwand Johnny gerade heimlich, ließ sie einfach hier zurück?

Sie riß die Augen auf. Er stand immer noch da wie zuvor, bewegungslos an den Felsen gelehnt. Wenn er nur nicht so schrecklich gut aussähe, dachte Antonia wütend. Sie schälte sich aus dem Schlafsack und ging zu ihm. Er sah sie gleichgültig an, und sie traute sich nicht, ihn zu berühren. Es kam ihr vor, als wollte ihr Herz aus der Brust springen und sich ihm zu Füßen legen. Sie wandte sich abrupt von ihm ab und ging langsam ein paar Schritte von ihm fort. Als er sich nicht nach ihr umdrehte, ging sie weiter und weiter. Immer wieder sah sie sich nach ihm um, aber er machte keinerlei Anstalten, ihr zu folgen oder sie zu rufen, sie kletterte durch die engen Ruinengassen, bis sie ihn nicht mehr sehen konnte. Dann hockte sie sich in eine Ecke innerhalb der Grundmauern eines verfallenen Hauses, und während sie mit wild klopfendem Herzen darauf wartete, daß er sie suchen möge, zählte sie laut alle Lippenstiftfarben auf, an die sie sich erinnern konnte:

Laque de Chine
Rose Red
Abstract Rose
Azalee
Fire Engine Red
Simply Pink
Nearly Rose
Wild Fuchsia
Foxy Fire
Dusty Rose
Indian Red
Persian Red

Jazzy Red
Vesuvio
Hibiscus
Allure
Rose Folie.

Du Schwein, warum kommst du nicht? Bitte, bitte komm und hol mich zurück.

Doris Dörrie im Diogenes Verlag

Liebe, Schmerz und das ganze verdammte Zeug

Geschichten. detebe 21796

Vier großartige, liebevolle, traurige, grausame Geschichten. *Mitten ins Herz, Männer, Geld, Paradies.* Geschichten von befreiender Frische.

»...ohne stilistische Bedenken, theoretische Skrupel oder methodische Zweifel. Doch lesen wir sie mit einer Begeisterung wie ein belletristisches Debüt schon lange nicht mehr.« *Frankfurter Allgemeine Zeitung*

»Doris Dörrie ist eine beneidenswert phantasiebegabte Autorin, die mit ihrer unprätentiösen, aber sehr plastischen Erzählweise den Leser sofort in den Bann ihrer Geschichten schlägt, die alle so zauberhaft zwischen Alltag und Surrealismus oszillieren. Ironische Märchen der 80er Jahre – Kino im Kopf.«
Der Kurier, Wien

»Ihre Filme entstehen aus ihren Geschichten.«
Village Voice, New York

»Was wollen Sie von mir?« und 15 andere Geschichten

detebe 21916

Mit diesen knappen, manchmal melancholischen, manchmal sehr komischen, manchmal märchenhaften Geschichten gelingt Doris Dörrie ein kleines Panorama unserer ver-rückten Gesellschaft.

»Es ist vollkommen gleichgültig, ob Sie Doris Dörrie in der Badewanne, im Intercity-Großraumwagen, im Lehnstuhl oder in der Straßenbahn lesen, nur: Lesen Sie sie! Lassen Sie sich nicht irre machen von naserümpfenden Kritikern, diese sechzehn Short-Stories gehören durchweg in die Oberklasse dieser in Deutschland stets stiefmütterlich behandelten Gattung.« *Deutschlandfunk, Köln*

»Vor allem freut man sich, daß Doris Dörrie den eitlen Selbstbespiegelungen der neuen deutschen Weinerlichkeit eine frische, starke und sensible Prosa entgegenstellt.« *Kölnische Rundschau*